Oceano dos Mil Deuses

Série Reinos Eternos

J. M. Beraldo

1ª edição

Editora Draco

São Paulo
2021

J. M. Beraldo
é um nômade carioca que ganha a vida como game designer. Tem contos nas antologias *Dinossauros* (2016), *Samurais x Ninjas* (2015), *Piratas* (2015), *Outro lado da cidade* (2015), *Sagas 4* (2013) e *Brinquedos Mortais* (2012), publicou os romances *Véu da Verdade* (2005), *Taikodom: Despertar* (2008), *Laicus* (2016), *Jogos de Guerra* (2020) e os da série Reinos Eternos: *Império de Diamante* (2015), *Último Refúgio* (2016) e *Sombras e Ecos* (2021), além do livro de contos *Oceano dos Mil Deuses* (2021). Trabalhou em dezenas de video games, e escreveu uma penca de livros de RPG. Tem ideias demais e tempo de menos, mas jura que um dia coloca tudo para fora.
Site www.jmberaldo.com

Publisher: Erick Santos Cardoso
Edição e revisão: Ana Lúcia Merege
Arte e capa: Ericksama

Dados Internacionais de Catalogação na Publicação (CIP)
Ana Lúcia Merege 4667/CRB7

B 482

Beraldo, J. M.
Oceano dos mil deuses / J. M. Beraldo. – São Paulo : Draco, 2021.
– (Reinos Eternos)

ISBN 978-65-5753-008-5

1. Ficção brasileira I. Título II. Série

CDD-869.93

Índice para catálogo sistemático:
1.Ficção : Literatura brasileira 869.93

1ª edição, 2021

Editora Draco
R. César Beccaria, 27 – casa 1
Jd. da Glória – São Paulo – SP
CEP 01547-060
editoradraco@gmail.com
www.editoradraco.com
www.facebook.com/editoradraco
Twitter e Instagram: @editoradraco

Oceano dos Mil Deuses

Série Reinos Eternos

MYAMBE
para Desolação
Ilha das Cabeças
Dentes de Yemallan
Fortaleza Branca
Reino dos Homens Mortos
Terras Estilhaçadas
Mar Raso
Falsa Esperança
Wawet
NDALE
FAWA
Planície de Kahlar
ALMED
Meldor
Oceano dos Mil Deuses
Floresta de Kwindago
Costa dos Ossos
Deserto de Narkeasha
Techi
MAAR
Abechét
ABECHÉT
Zahra
Rio Kari
MANJIJA
WAKALLA
Bomomo
Amlak
Niotillia
Ponto Nàzket
Cidade Azul
JIMFARA
SOKOS
DNEGE
Jimfara
Ibongô
Costa Livre
Lugdasa
Tizadir
Khalidah
MELKAT
Sukutai
para Akanisha
Rio Maleth
VALE
Metrópole
Mahrus
Cidade
Najmal
Ruínas
Porto Qadis
Império de Diamante
Império de Diamante
para Panjekanaverat

A Voz de G'ganch

Líquido esbranquiçado caiu em cascata na caneca de Kasim, trazendo lembranças de um lar para o qual não podia mais voltar.

– Por conta da casa – disse uma voz cheia do sotaque quebrado e duro com o qual Kasim estava tentando se acostumar.

O homem segurando a moringa de vinho de palma sentou-se do lado oposto a Kasim na mesa, um sorriso discreto em um rosto branco. Antes de abandonar Myambe, Kasim nunca havia visto um homem assim. A pele pálida, os olhos pálidos, o cabelo pálido, nada disso parecia confiável. Eram como ossos na areia, deixados para secar. Lembravam-no demais de campanhas perdidas no pior da guerra contra o Império de Diamante.

– Seu nome é Kasim, certo? – continuou o homem. – Ex-capitão dos Chacais à Espreita?

Havia poucas pessoas na pequena cabana de madeira que chamavam de taverna, e aqueles que estavam ali pareciam ainda mais letárgicos que o próprio Kasim. O lugar cheirava a suor e mato. O único som era das ondas lá fora, os mosquitos lá dentro e o bufar de quem sabia que não tinha escolha.

Os olhos de Kasim encontraram os do sujeito, tentando ver além do céu azul que continham. Será que se olhasse tempo o suficiente veria a santa Estrela da Manhã? Claro que não. Não havia divindade alguma nos homens brancos, que cultuavam apenas a eles mesmos.

– Disseram-me que você é o homem que eu procuro – disse o sujeito, o sorriso se alargando. – Dada a quantia certa em prata, claro.

O mercenário provou o vinho sem desviar os olhos, como se fazê-lo fosse dar a um predador a chance de atacar. Estava morno, como tudo o mais naquele lugar. Morno, mas com algo... diferente. Tinha medo de pensar na palavra 'fresco' e estragar a sensação. Mas era certamente a melhor sensação que tivera desde que pusera os pés nessa maldita ilha infestada de mosquitos.

– Hortelã – disse o homem, e Kasim percebeu que a surpresa devia ser visível em seu rosto. – Trazido de Akanisha. É para onde você vai, certo? Procurando uma nova vida do outro lado do Oceano dos Mil Deuses. Posso perguntar o motivo?

Kasim tomou outro gole, mais longo. Era o melhor vinho de palma que bebia em muito tempo. Lembrava-o de casa.

Ele colocou a caneca sobre a mesa e a empurrou para longe.

– O que você quer?

Ele esperava apenas pôr um fim na conversa. E pôs. O que não significava que gostaria do caminho que as coisas tomariam.

*

Kasim já havia lutado na savana ao redor de Jimfara e nas selvas de Sokos. Estivera até mesmo às margens do Deserto de Sal de Kahlar. Mas nunca em seus vinte e poucos anos de vida sentiu tanto calor. O calor de G'ganch era uma amante invejosa, agarrando-se a todos e recusando-se a partir. Era como ser cozinhado por dentro. E, além disso, tinha os mosquitos.

Kasim já havia descartado o elmo, e apenas seus instintos de sobrevivência o impediam de fazer o mesmo com a couraça de couro curtido. Ele pegou uma das espadas curtas de lâmina larga da Companhia, miraculosamente sem precisar pagar por isso, sua própria adaga de cabo de chifre, mais um cantil cheio de vinho de palma com hortelã para convencê-lo de que aceitar o trabalho não era tão má ideia. Então partiu da suposta civilidade do posto de troca da Companhia para o interior da selva de G'ganch.

Escolha de verdade, claro, não existia. Se o dono dos únicos navios capazes de levá-lo para fora de uma ilha selvagem pede alguma coisa a você, você faz. O preço, um punhado de prata pelos seus problemas, era só um cala-boca. A Companhia lucrava bem mais cada vez que um de seus muitos navios descarregava mercadorias em qualquer uma das dúzias de portos sob seu controle ao redor do mundo. Prata era um recurso a ser gasto, assim como as pessoas.

– Você fugiu da guerra?

A lâmina fatiou a folhagem grossa que parecia crescer por toda parte, tornando navegar a selva muito mais lento do que Kasim gostaria. Ele olhou para trás, por cima do ombro, para Hiuen e Quan, seus dois companheiros de jornada. Eram ambos nascidos nos Onze Reinos, muito ao sul do mundo. Não eram nem brancos, nem negros; a pele era cor de bronze, manchada abaixo dos olhos puxados e pequenos. Pareciam incomodados com a luz do sol, quase cegos ao ar livre. Além deles, descendo a colina, estava sua passagem para uma nova vida. As velas do *Exarca Dékány* ainda estavam ausentes, recolhidas para reparos em um dos armazéns da Companhia, danificadas em uma tempestade que Kasim pensava ser um presente de partida de seus inimigos. O convés estava cheio de refugiados da guerra em Myambe, nem todos mulheres e crianças.

– Não há como enfrentar um exército de demônios liderados por um imortal.

Kasim esperava que isso os calasse. Não durou um minuto.

– Ouvi dizer que alguém matou o Imperador.

Kasim errou o alvo. A lâmina bateu de lado no tronco de uma árvore, quase escapando da sua mão. Ele xingou, sua atenção novamente nos dois companheiros. Não olhou para trás. Nunca o fazia.

– Mas ele não é imortal? – perguntou Hiuen, seguindo logo atrás de Quan, que riu.

– Acho que esqueceram de dizer isso ao cara que o matou.

– Seja lá quem foi, esses demônios provavelmente querem esfolá-lo vivo, se não pior.

Kasim apressou-se a abrir a mata, golpeando rápido e forte. Talvez isso o ajudasse a se esquecer de Khalidah em chamas, homens e mulheres sendo massacrados, um deus-vivo caindo com uma lança no peito e o olhar de seus generais jurando Kasim de morte.

Talvez por isso tivesse aceitado esse trabalho estúpido. Achava que conseguiria esquecer os motivos pelos quais abandonara Myambe. Dias no navio entre dezenas de refugiados chorando e vomitando constantemente não tinham ajudado em nada.

A espada atingiu algo duro oculto pelas folhas e cipós. Kasim fez um sinal para que parassem, como se fossem sua companhia mercenária. Abaixou a mão, lembrando-se de uma centena de homens e mulheres mortos em batalha.

Puxou a vegetação. Dois, três golpes, e revelou o objeto.

– O que diabos é isso? Um cão?

Kasim deu um passo para o lado, os olhos nos companheiros. A estátua realmente parecia um cão. Sentado, duas patas esticadas sob ele, o focinho longo cheio de dentes afiados. Os olhos eram buracos feitos com alguma ferramenta tosca e então pintados de verde. Davam à estátua uma aparência sobrenatural.

Foi Hiuen que se aproximou, ajoelhando-se diante da estátua. Era o mais baixo dos dois soldados da Companhia. Trazia pendurado no pescoço um amuleto feito de dois cilindros de bronze. Vez ou outra girava-os com os dedos, murmurando algo baixo.

– G'ganch – ele disse, uma mão removendo o limo no peito de pedra. – O monstro-ilha.

A atenção de Kasim já estava de volta aos mosquitos que o atacavam incessantemente. Deu um tapa, mas errou.

– Os únicos monstros nessa ilha são esses insetos.

– Não, a ilha é o monstro. – Hiuen puxou uma faca e usou-a para limpar mais da estátua. Nas costas revelou calombos e buracos pintados para representar cabanas e pessoas. – Digo, é o que pensam os nativos. A ilha é um jacaré marinho gigantesco que os leva pelo mundo.

Quan fez um som de desprezo com a boca.

– Ilhas não se movem.

– Cada um com suas crenças – disse Hiuen. – O Kasim acredita em estrelas-guia.

Kasim olhou para baixo, percebendo que a mão livre estava na estrela de cinco pontas sob a armadura. Tirou a mão, irritado. Voltou a examinar o caminho, mas todas as direções pareciam idênticas.

– Estamos chegando?

– Sim – disse Hiuen, olhando além da estátua. – Isso é uma espécie de marcador de território.

– Você sabe bastante sobre esses nativos.

Ele sorriu.

– A Companhia paga bem toda vez que me manda para esse lugar.

O que explicava o porquê de ele estar na expedição. Ambos eram claramente soldados treinados, acostumados a esse tipo de ambiente. Se Hiuen estava aqui pelo seu conhecimento, Quan estava pela sua lealdade. Não era de falar, mas Hiuen fizera as apresentações antes de partirem do posto de troca. Quan era soldado de carreira, trabalhava para a Companhia havia pelo menos dez anos. Kasim não sabia bem se isso era bom ou mau sinal.

A Companhia Mercantil de Valmedor tinha apenas um interesse nos nativos de G'ganch: frutinhas que aparentemente só cresciam ali. Um barril de conserva valia uma fortuna em lugares como Akanisha e os Onze Reinos. Se a Companhia não tinha tomado o lugar à força, era porque depender dos nativos era mais lucrativo. Só precisavam manter um minúsculo posto de trocas na praia e esperar pelas entregas.

O problema é que as últimas entregas foram pequenas e de péssima qualidade. Agora a Companhia esperava que Kasim resolvesse o problema.

– Não sou um negociador – ele disse ao homem da Companhia na única taverna em um raio de muitos quilômetros.

O sorriso do sujeito se abriu, mostrando dentes brancos demais. Lembrava a Kasim uma hiena pronta para atacar um filhote ferido de gnu.

– Você é exatamente o que esses nativos precisam.

Kasim tomou um longo gole do cantil. Tinha uma ideia do que ele quis dizer com isso.

– O que mais você sabe sobre eles, além de que pensam morar em um jacaré gigante?

Hiuen deu de ombros. Pouco além da estátua chegaram a um paredão de talvez cinco metros de altura. Resolveram aproveitar o momento para descansar antes de seguir em frente. Hiuen pescou de uma de suas bolsas as tais frutinhas. Pareciam pequenos ovos de codorna cozidos, meio esverdeados, meio alongados. Ele provavelmente não devia estar com aquilo. Kasim e Quan comiam as castanhas e frutas secas que a Companhia disponibilizou, usando o vinho para limpar o gosto.

– Eles falam uma língua de raiz maari, o que deve indicar que são da primeira leva de imigrantes do norte de Myambe. – Hiuen deu outra mordida na fruta. O interior parecia cheio de bolinhas pretas como sementes de mamão. – O líder é chamado de a Voz. Ele é supostamente o único capaz de falar com G'ganch.

Quan resmungou qualquer coisa. Jogou longe uma casca de castanha e começou a escalar o paredão, usando cipós e uma árvore próxima como apoio. Kasim ignorou o sujeito.

– O que eles comem? Não vi pássaros nem macacos.

Quan parou na metade da escalada e olhou para baixo, irritado.

– Não faltam tartarugas na praia – ele disse, dando de ombros.

Hiuen discordou, os dedos fazendo girar os pequenos cilindros de bronze.

– Eles não as comem. Nem os jacarés. São 'filhos de G'ganch', ou algo assim.

Uma vez Quan tendo chegado ao topo, Hiuen guardou as frutas e seguiu caminho. Kasim olhou ao seu redor, procurando uma forma mais rápida de descer no trajeto de volta. Percebeu algo no paredão, atrás dos cipós. Limpou a superfície com a lâmina da espada. Havia ali um desenho rústico, meio pintado, meio gravado na pedra, de um jacaré de boca aberta. Pessoas feitas com linhas simples formavam uma fila diante do animal. Colocavam algo dentro da boca do animal, uma oferenda, talvez.

Acima, Hiuen soltou um grito de surpresa e escorregou. Segurou-se por pouco em um cipó, chiando ao queimar a mão pela fricção. Kasim saltou depressa, pronto para sacar a espada o mais rápido possível.

Quan apareceu no topo do paredão, olhando irritado. Ofereceu uma mão para puxar Hiuen para cima. Kasim seguiu o mais rápido que podia, curioso sobre o que tinha acontecido. Encontrou no alto do paredão os dois observando uma árvore. A cerca de dois metros do chão estava o maior inseto que Kasim jamais vira na vida. O corpo era comprido, a carapaça parecia brilhar como metal vermelho-escuro à luz do sol. Seis pernas amarelas agarravam-se ao tronco. As antenas se moviam agitadas, como se cheirando algo. As presas abriam e fechavam, provando o ar. A coisa tinha pelo menos trinta centímetros de comprimento.

– Isso responde à pergunta sobre comida – disse Kasim.

A surpresa foi substituída por curiosidade. Hiuen sacou a faca e se aproximou do inseto.

– O que é essa coisa?

– Você é o especialista aqui.

– Nunca precisei ir tão fundo na selva.

O inseto parecia igualmente curioso. Moveu-se para o lado, para encarar Hiuen. Não se afastou. Quando a ponta da faca se aproximou, ele flexionou as costas. Uma cauda como a de um escorpião surgiu, revelando um par de pinças longas como tesouras.

– Acha melhor levarmos essa coisa com a gente? Talvez valha alguma coisa.

– Como bicho de estimação? – perguntou Kasim, rindo.

Hiuen deu de ombros. – Você ficaria surpreso com o quanto algumas pessoas pagam pelo exótico.

Assim que a ponta da faca chegou perto o suficiente, a coisa atacou. A cauda projetou-se para a frente e as pinças agarraram a lâmina. Hiuen saltou para trás, soltando um grito. Largou a arma, que caiu nas folhas do chão. Dessa vez ele mesmo riu. Abriu uma de suas bolsas.

– Acha que conseguimos colocá-lo aqui?

– Chega – disse Quan. Deu um golpe com sua espada, mas errou o alvo. Ele era mais rápido do que parecia possível para um inseto daquele tamanho. Mais alto na árvore, abriu a carapaça, revelando um par de asas escuras. Meio pulou, meio voou para longe, desaparecendo na cobertura de folhas mortas do chão.

A surpresa no rosto de Quan foi o suficiente para provocar mais risadas.

– Andem, vamos – ele resmungou. – Posso ver uma clareira nessa direção. Deve ser a aldeia.

Kasim e Hiuen trocaram sorrisos.

– Calma. Preciso pegar minha faca.

Ele se abaixou perto da árvore, afastando as folhas secas. Encontrou a arma perto das raízes da árvore. Xingou e tentou fincar a faca em algo.

– Outro – disse com nojo. Levantou-se, limpando a lâmina na armadura de couro.

– Duvido que haja muitos desses bichos por aqui.

À sua volta a floresta pareceu despertar com sons. Não era só o zumbido dos mosquitos ou a orquestra de besouros e grilos. Era o ruído de algo batendo na madeira em ritmo cada vez mais rápido. Vinha da copa das árvores e da casca. Vinha do chão, sob as folhas e as raízes.

Perceberam movimento. Insetos como aquele surgindo de todos os cantos e buracos, fazendo voos curtos para os galhos e troncos, tomando posição como uma matilha de chacais à espreita de um antílope assustado. Uma matilha de milhares.

– Acho que você está errado.

*

Eles vieram de todas as direções, rastejando rápido demais, saltando e planando em sua direção. As pinças das caudas disparavam como serpentes dando o bote. Kasim golpeava a torto e a direito, matando um, dois, cinco no ar, fincando a lâmina larga da espada no tronco de uma árvore para partir outro em dois. Ele sacou a adaga, incerto sobre a diferença que faria ter duas armas.

Adiante, Quan tinha menos sucesso. Após errar mais vezes que acertar, virou a espada de lado, tentando usá-la para esmagar os insetos. Foi só então que Kasim percebeu que os insetos não os estavam atacando. Saíam de toda parte, mas passavam direto por eles, ignorando-os. Kasim se virou para trás a tempo de ver Hiuen cair de costas, atacando desesperado com a faca, incapaz de enxergar com a quantidade de insetos agarrados ao seu peito e cabeça, escalando suas pernas e braços. Ele não gritou, não porque não quisesse, mas por medo de expor a boca aberta àquelas coisas.

– Quan! – gritou Kasim, ao mesmo tempo que seguia na direção do companheiro caído. Largou a espada, que poderia ferir Hiuen, e agarrou o primeiro inseto que viu pela frente. Enfiou a adaga na cauda, cortou, jogou-o longe. Pisou onde achava ver um deles.

No chão, Hiuen tinha deixado cair a faca. Socava o próprio corpo em óbvio desespero. Quan chegou logo depois, fazendo o melhor que podia para arrancar os insetos no rosto do companheiro.

Mas era inútil. Quanto mais matavam, mais apareciam. Encontraram frestas sob o colete de couro e as roupas onde nem espadas as encontravam. Enroscaram-se em seus cabelos, agarraram no que podiam, as asas batendo freneticamente. Era impossível sequer identificar de onde vinham graças à cobertura do solo. Furioso, Quan golpeou o chão com a espada, numa tentativa vã de matar o que não podia ver.

E, tão súbito quanto começou, terminou. Os insetos soltaram Hiuen e fugiram para as folhas secas, abriram asas e saltaram para longe. Quan não dava a mínima. Continuou a golpeá-los no ar, mesmo em fuga. Gritando furioso, jogou a arma na direção do enxame. Não acertou ninguém e desapareceu no meio do mato.

Já Kasim tinha sua atenção não nos insetos, mas na nova ameaça. Uma dúzia de homens de pele escura pintada com uma pasta branca grossa, as cabeças cobertas por coroas de espinhos e folhas, surgiam da mata. Estalavam a língua e balançavam flores gigantescas. Cada flor tinha exatas cinco pétalas vermelhas em torno de um buraco maior do que uma cabeça. Um cheiro forte de carne podre exalava de cada uma delas, misturada a um cheiro doce que parecia herético para as memórias de guerra do mercenário.

Os nativos abaixaram as flores, formando um círculo em torno do grupo, como se criassem uma barreira invisível contra os insetos. Suas falas cantadas eram estranhamente familiares a Kasim, como algo que já ouvira em Myambe, mas modificado pelo isolamento da ilha.

Ouviu-se um gemido, e Kasim se lembrou de Hiuen. Esperava encontrá-lo desfigurado pelas garras e pinças. Hieun estava sentado, pálido, olhos arregalados, mas inteiro. Havia pequenos arranhões por todo o rosto e pescoço, mas nada mais.

Quan voltou de onde recuperara sua espada, cabeça baixa. Estacou, queixo caído, ao ver Hiuen. Embainhou a arma e correu até o amigo, examinando-o em busca de ferimentos. Riu, claramente aliviado, e deu um tapa nas suas costas. Aquilo parecia quebrar a tensão. Hiuen sorriu, convencido de que o pior já tinha passado. Passou uma mão pela testa, procurou sangue. Riu com o amigo, passou a mão no pescoço, cutucou o ouvido.

– Eu jurava que era meu fim.

– Com certeza você gritou como um condenado.

Ele sorriu, envergonhado. Tateou com a mão pelo amuleto e percebeu que ele não estava mais lá. Olhou à sua volta, procurando-o. Quan devolveu a faca que deixara cair, talvez achando que era isso que Hiuen queria. O amigo forçou um sorriso e agradeceu. Deixou Quan ajudá-lo a se levantar.

– Tente não deixá-la cair novamente, ou a Companhia descontará do seu soldo.

Um suspiro de alívio escapou de Kasim. Ele não podia se imaginar no lugar de Hiuen quando as coisas atacaram. Duvidava de que conseguiria dormir pelos próximos dias. Olhou para nordeste, onde deveria estar o porto. Kasim não fazia ideia de quem era o *Exarca Dékány* que dera nome ao navio, nem sequer o que era um exarca. O que importava era que aquele navio estava prestes a levá-lo para bem longe desse lugar.

Recolheu a espada descartada e se aproximou dos nativos, pronto para terminar sua parte do trabalho. Encontrou o mais alto deles – ainda assim mais baixo que Kasim – examinando Hiuen. Virava a cabeça do sujeito de um lado paro o outro, examinava os olhos e os cabelos.

– Estou bem – insistiu Hiuen. Apesar do sorriso, estava claramente incomodado com a atenção que atraía.

O nativo o ignorou. Virou sua cabeça de lado e olhou para dentro da orelha. Estalou a língua, grunhiu algo, virou-o novamente. Forçou Hiuen a abrir a boca, cheirou. Resmungou algo em voz alta, fechando a boca, tapando-a com as mãos, como se tivesse sentido um cheiro pior do que o das flores gigantes. Pegou as mãos de Hiuen, cheirou-as, então procurou em suas roupas. Tirou a bolsa pendurada no cinto do mercenário.

– Ei! Isso é propriedade da Companhia!

O nativo abriu a bolsa e virou seu conteúdo no chão. Três das frutas esverdeadas rolaram nas folhas mortas. Todos os nativos fizeram um som como quem acaba de pisar em estrume. O mais alto cuspiu no chão e chutou as frutas para longe, limpando o pé nas folhas de uma árvore.

– Precisamos falar com seu líder – disse Kasim, irritado.

– A Voz de G'ganch os aguarda – ele disse na língua comercial. – Homem morto, não.

Quan e Hiuen se entreolharam.

– O que você quer dizer?

Ele deu as costas e começou a andar, ignorando Hiuen. Quan acelerou o passo e pôs uma mão no peito do nativo.

– O que você quer dizer com homem morto?

O nativo encarou Quan, então apontou para Hiuen.

– Ele. Vai chocar.

Como se para ilustrar o que dizia, ergueu as mãos fechadas do lado da cabeça, então abriu-as como flores desabrochando subitamente.

– Merda...

– O quê? – perguntou Hiuen, quase gritando. – O que está acontecendo?

Quan deu um soco na árvore mais próxima. Andava de um lado para o outro, incapaz de falar.

– Os insetos – disse Kasim. – Eles não estavam tentando devorá-lo.

– E daí? – Hiuen forçou um sorriso. – Qual é o problema? É veneno?

– Não era veneno – murmurou Quan. – Eram ovos.

– O quê?

Quan virou-se para o amigo, voltando a cutucar o ouvido com o dedo.

– Eles colocaram ovos dentro da sua cabeça.

Hiuen forçou uma risada, mas não durou. Parecia prestes a chorar. Enfiou o dedo no ouvido de novo, cutucou, tentou tirar algo que não alcançava.

– Olha, eu estou bem. Já passei por coisas muito piores.

Quan agarrou o braço do líder nativo. – Deve haver uma cura. Um chá, uma erva que vocês usam. Tipo aquela flor-cadáver.

– Ninguém pode ressuscitar os mortos.

– Eu não estou morto! – Hiuen puxou a faca, golpeou a árvore mais próxima. Pisou com raiva nos corpos dos insetos. – Eu pareço morto?

Com óbvio pesar, o nativo se soltou de Quan e começou a caminhar à sua volta, olhando para o chão. Parou em um arbusto. Abaixou-se e tirou de lá uma fruta do tamanho de uma laranja. Parecia perfeitamente comestível. Fez um pouco de força com os dedões. A casca se partiu facilmente. No interior, dezenas de pequenos vermes brancos devoravam a carne rosa. Ele a mostrou para Hiuen, como se para explicar melhor. Funcionou. Hiuen desmontou no chão aos prantos, murmurando em sua língua nativa. Fechou os olhos e cobriu a cabeça e os ouvidos, como se não quisesse mais ouvir nada.

Quan aproximou-se de Kasim.

– Não podemos deixá-lo aqui sozinho.

– Ele não vai – insistiu o nativo. – Ovos atraem tesouras. – Fez um movimento de corte com dois dedos, como se para ter certeza de que usava a palavra certa. – Eles pensam que é ninho.

Kasim olhou as frutas que Hiuen vinha comendo. Aquelas que a Companhia vendia mundo afora por uma fortuna.

Não eram frutas.

– Você ficaria surpreso com o que certas pessoas pagam pelo exótico.

Hiuen repetiu as próprias palavras, rindo e chorando ao mesmo tempo, então começou a vomitar. Medo ou nojo, não fazia diferença. Agora ele entendia o que estava acontecendo.

– Vamos – insistiu o líder nativo. – Flores-cadáver atraem predadores. – Ele tocou o próprio nariz para explicar.

Quan não conseguia olhar o amigo. Ficou em silêncio, olhando para o nada. Lealdade à Companhia falava mais alto. Deu as costas e seguiu os nativos. Kasim balançou a cabeça e fez o mesmo.

Atrás deles, Hiuen forçou-se a se levantar.

– Não, Kasim! Quan! Não me deixem! Eu vou morrer aqui!

Um por um os nativos caminharam para fora do círculo de flores-cadáver, desaparecendo na selva. Quan não olhou para trás. Suas mãos estavam cerradas em punhos.

Kasim olhou na direção do porto. Faltava tão pouco.

Hiuen percebeu isso como sinal de dúvida. Foi até ele, tropeçando. Agarrou a armadura de Kasim.

– Kasim... Você não pode...

Seu hálito era podre como o cheiro das flores. Ou era só a mente de Kasim pregando-lhe peças?

Ele suspirou, pegou as mãos de Hiuen com firmeza e o fez soltar sua armadura. Apontou na direção do porto. Hiuen se virou naquela direção.

A lâmina cortou a cabeça de Hiuen logo acima da orelha. Penetrou pele, carne e osso, agarrando-se no meio do crânio. Os olhos rolaram para cima, o corpo amoleceu. Despencou no chão. No movimento, a parte de cima do crânio se soltou, revelando o cérebro. Kasim pensou ver dezenas de pequenos ovos alongados alojados ali, ainda bem pequenos comparados àqueles que Hiuen vinha comendo. Talvez fosse só sua imaginação.

Kasim limpou a lâmina de uma folha larga, embainhou a espada, então seguiu os nativos.

*

Com os nativos como guias, o avanço fora muito mais rápido. Kasim percebeu que existia uma trilha, quase invisível aos olhos de forasteiros. Eram espaços entre árvores, onde a vegetação era esparsa, o chão quase regular. Em alguns pontos havia pedras planas servindo de degraus no que restava de uma estrada que alguém algum dia tentara construir. Poderiam eles ser descendentes dos primeiros imigrantes de Myambe, fugidos do avanço do Império de Diamante mais de um milênio atrás? Se fossem, o que acontecera com eles para se tornarem tão primitivos?

Os nativos vestiam pouco mais que folhas e espinhos. O que não estava coberto estava pintado, talvez para protegê-los dos mosquitos que não pareciam incomodá-los. Carregavam armas: lanças de madeira afiada e bordunas feitas com conchas igualmente cortantes. Não pareciam muito eficientes. Pensando bem, que tipo de perigo eles enfrentavam além de insetos de tamanho exagerado?

Lembranças de Hiuen chorando voltaram à mente de Kasim.

– Qual é o acordo, afinal? Vocês trocam ovos de insetos pelo quê? Certamente não é nem ouro nem roupas.

Os nativos o ignoraram.

A colina tornou-se mais íngreme, e os degraus de pedra mais visíveis, marcados pelo tempo de uso. Passaram por outras estátuas do jacaré-ilha, guardiães de um caminho sagrado. Entre as árvores, podiam ver pedaços de muros de pedra. Kasim se questionava se aquilo era mesmo uma colina ou talvez uma pirâmide soterrada séculos atrás.

Quando finalmente chegaram ao topo da colina, o céu já estava pintado com o laranja e o púrpura do anoitecer. Kasim sentia as pernas doerem da marcha forçada, as costas queimando pela exaustão. Ele odiava montanhas. Odiava selvas ainda mais.

Cabanas de barro e palha estavam distribuídas em um círculo no topo plano da colina. Uma grande fogueira estava acesa no centro, cercada de mulheres e crianças preparando comida. Eram raízes e folhas amassadas, alguns besouros particularmente grandes em espetos. Não era comida que a Companhia dava em troca dos ovos.

Os nativos que os resgataram se dispersaram. Uns poucos fizeram um som cantado com a garganta, alertando sobre sua chegada. Adultos e crianças se aproximaram, curiosos com os dois estrangeiros. Não pareciam surpresos, mas talvez felizes. Aqueles que chegaram mais perto tocaram suas mãos e armaduras, curvaram-se falando em sua língua nativa, então se afastaram. Kasim se sentiu como um sacerdote abençoando órfãos em uma vila assolada pela guerra. O líder nativo não se deteve, guiando-os através da vila para a face oposta da colina.

A descida não era tão íngreme, o caminho mais óbvio. Não havia mata fechada nem cipós pelo caminho. Desceram vários metros até uma ponte de pedra construída sobre um canal artificial. O som das ondas batendo na costa não estava tão longe, abastecendo o canal com água do mar. Aqui e ali, dúzias de jacarés de água salgada observavam, esperando que um deles escorregasse e caísse. O nativo aguardava impaciente do lado oposto, acenando para que andassem logo.

Eles cruzaram a ponte um de cada vez. Ela era estreita demais, sem qualquer suporte para as mãos. As pedras pareciam apenas empilhadas ali, esperando para desmoronar. Não parecia natural que a ponte estivesse de pé.

O caminho se estendia por mais alguns metros até uma entrada esculpida na rocha. Gravuras haviam sido feitas na superfície, mas o musgo e o tempo encobriram a maior parte. Eram bastante elaboradas, certamente muito antigas. Havia pessoas ajoelhadas diante de um jacaré gigante. Em outro, uma nuvem pontilhada – insetos? – descia na direção de jacarés menores em um lago. Na sequência, pessoas coletavam pedras de jacarés mortos.

Não pedras. Ovos.

– Os filhos de G'ganch – disse Kasim, apontando com o queixo para o canal. – É por isso que não comem os jacarés. Eles são os ninhos dos insetos.

– Como eles controlam onde os insetos colocam seus ovos?

– G'ganch manda – disse o nativo.

– G'ganch – repetiu Kasim. – A ilha.

– G'ganch espírito que é ilha. G'ganch que fala, e nós ouvimos.

Kasim concordou. – Que é porque estamos aqui. A Voz controla os insetos.

O nativo curvou-se e acenou para o interior do portal. Não fizeram perguntas. O tempo estava passando, e rápido.

Feixes pálidos de luz penetravam os buracos no teto onde blocos de pedra tinham se soltado. Com o pôr do sol, pouca luz penetrava a câmara.

Era enorme. Colunas de basalto decoradas em padrões detalhados faziam um péssimo trabalho em segurar o teto. Fosse o que fosse gravado nas colunas, tinha sido danificado havia tempo, mas certamente incluía jacarés gigantes, oferendas e ovos de insetos.

A Voz estava sentada de pernas cruzadas em um bloco de pedra no meio da câmara. Cumbucas de madeira e jarros de cerâmica estavam dispostos à sua volta. Colares e conchas decoravam o chão como oferendas. As pedras ao seu redor haviam sido esculpidas à mão na forma de símbolos cujo significado tinha se perdido no tempo.

– A Companhia nos enviou – disse Kasim, sua atenção no chão tanto quanto na Voz. Aquele parecia o tipo de ambiente onde alguém esbarra numa armadilha secreta.

O vento uivou pela câmara, soando nos buracos do teto como uma flauta gigantesca. Os cabelos finos da Voz balançaram. As sombras davam a impressão de que o sujeito na pedra sorria.

Kasim seguiu cauteloso, as mãos prontas para sacar a espada se preciso.

O cheiro de morte chegou às suas narinas antes da visão clara do rosto da Voz.

– Ele está morto – disse. E não era recente. A Voz era um homem adulto, encolhido sobre si mesmo. Estava nu, o corpo coberto por uma pasta branca como a dos nativos. Uma coroa de espinhos tinha sido enfiada à força em sua cabeça. A pele estava repuxada, as costelas visíveis. Ele parecia ter morrido de fome, consumido, mumificado.

Por isso os insetos atacaram. Por isso a produção de ovos caiu.

Mas a Companhia não sabia nada sobre isso?

Kasim duvidava que fosse assim tão simples. Alguma coisa estava faltando. Por que a Voz seria mantida naquele lugar por tanto tempo? Eles não teriam elegido um novo líder ou algo assim? A comida e a água nas cumbucas eram recentes. Eles esperavam algo acontecer.

Olhou a múmia, curioso.

Apesar das condições do corpo e da luz, havia algo perceptível ali. A pele era clara, os cabelos eram lisos e claros, o nariz era fino.

– Ele não é nativo.

Kasim teve um estalo. Repetiu as palavras do homem da Companhia que o contratou.

– Você é exatamente o que os nativos precisam.

Ele sentiu mais do que viu o movimento às suas costas. Girou o corpo a tempo de escapar ao golpe. A espada errou a nuca, mas não seu ombro. Teria sido fatal se Quan não tivesse virado a lâmina de lado para nocauteá-lo. O impacto foi forte, atingindo algum nervo. Kasim sentiu o braço esquerdo ficar dormente.

Sem querer perder a inércia – ou a vida —, Kasim deixou-se continuar a girar no eixo, a mão direita subindo em um punho fechado. Atingiu Quan na lateral da cabeça com força o suficiente para atordoá-lo.

Kasim agarrou Quan pela parte de trás do pescoço e empurrou-o para a frente. A testa do mercenário atingiu a da múmia, partindo a pele seca e expondo os gases tóxicos do interior para fora do corpo oco. O cheiro era potente, fazendo Kasim cambalear para trás. Solto, Quan tentou se afastar. Caiu, tossindo violentamente. Seu rosto e peito estavam cobertos por uma nuvem de poeira que parecia se agarrar a ele.

A poeira não assentava. Serpenteava, viva, escapando da múmia partida, buscando as narinas, a boca e os ouvidos. Quan chacoalhou a cabeça, balançou os braços, tentando dispersar a nuvem. Era inútil. A tosse virou convulsão, fazendo-o cair de lado, sem ar. Ele chorava, socando o chão de pedra, frustrado.

Então, subitamente, tudo ficou quieto.

Kasim se recusou a se mexer, como se respirar mais forte fosse o suficiente para atrair atenção indevida. Naquele momento de serenidade absurda, Kasim percebeu que não havia mosquitos em parte alguma, e que o interior da câmara era fresco.

Quan tremeu. Puxou o ar como se fosse a primeira vez. Forçou-se a se levantar, olhando confuso à sua volta. Seus olhos encontraram os restos da múmia e pararam lá, contemplando o rosto arruinado.

Kasim puxou a espada, mesmo achando que não era necessário.

– Pronto para negociar?

Quan se virou na direção do som, mas não era Quan. A expressão no seu rosto era diferente; relaxada, sábia, antiga. Os olhos brilhavam com uma luz verde. Ele sorriu, lançando calafrios pela espinha do mercenário.

Dane-se. Pelo menos agora poderia voltar ao porto e partir desse lugar infernal.

*

Quando Kasim retornou ao porto, o *Exarca Dékány* já sumia no horizonte.

O homem da Companhia deu tapinhas nas costas do mercenário. Com a mão livre ofereceu uma pequena bolsa cheia de moedas. Kasim a recebeu sem desviar os olhos do navio que deveria levá-lo para Akanisha.

– Você me enviou para ser hospedeiro daquela coisa.

Não era preciso olhar para saber que o sorriso predatório estava novamente naquele rosto branquelo de traidor.

– Tudo deu certo no final das contas, não foi?

– Não para os seus homens.

– Mas isso é irrelevante – disse o outro, afastando a preocupação com a mão. – O negócio foi feito. E você encontrará um extra aí pelos problemas que enfrentou.

Kasim olhou a bolsa pela primeira vez. Estava mais pesada do que deveria.

Só negócios.

– Quando passa o próximo navio?

– Para Akanisha? Um mês ou mais.

– Um mês?

O chacal branco deu de ombros.

– Mais para dois, na verdade.

Kasim se deixou cair sentado em um barril, ombros soltos, as mãos no rosto. Dane-se se o barril estivesse cheio de ovos de insetos assassinos.

– Eu não vou aguentar dois meses aqui.

– Você pode tentar nadar de volta para casa, se quiser. Tenho certeza de que o Império de Diamante o receberá de braços abertos.

Kasim sentiu um calafrio só de pensar na hipótese.

O homem da Companhia deu as costas e caminhou para longe. O pier gemeu sob seus pés, assim como Kasim.

– Ou você pode pegar aquele outro navio.

Kasim olhou na direção em que ele caminhava. O *Exarca* já havia desaparecido, mas havia outro navio se aproximando, de outro ponto do horizonte.

– Para onde vai?

– Último Refúgio. Fica em uma ilha-continente ao sul daqui, um lugar chamado Panjekanaverat. A Companhia tem um investimento grande na região, e depende de homens como você para manter tudo sob controle.

Como se ele tivesse escolha.

– Não pode ser pior do que essa ilha.

O homem branco riu e foi embora.

Uma brisa leve veio do mar, levando com ela o calor e o cansaço que vinham perturbando Kasim.

Mais tarde, naquela noite, Kasim voltou à taverna. Estava vazia a não ser por alguns guardas bêbados e um taverneiro entediado. Nem sequer pediu nada. O taverneiro logo chegou com uma jarra de vinho de palma morno e um prato de frutas. Frutas e ovos compridos de um tom esverdeado. Eram pequenos e manchados, descartados por serem imperfeitos demais para os clientes mais exigentes de Akanisha.

Kasim colocou uma mão sobre o prato, para empurrá-lo para longe. Deteve-se.

Deu de ombros e colocou um dos ovos na boca. A casca estourou na língua soltando um gosto agridoce e as bolinhas pretas, crocantes, salgadas. A colisão de sabores era estranhamente agradável.

Quanto mais longe de casa, mais bizarras ficavam as coisas.

Já era hora de se acostumar com isso.

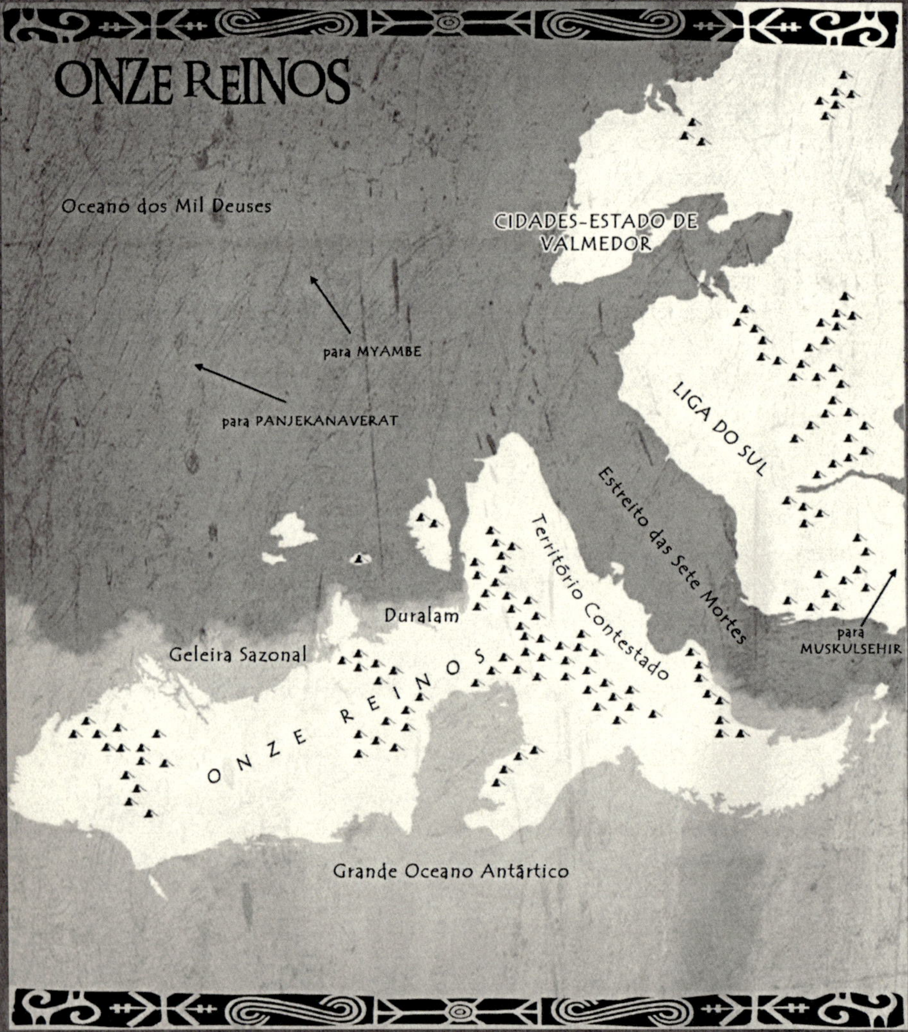
ONZE REINOS
Oceano dos Mil Deuses
CIDADES-ESTADO DE VALMEDOR
para MYAMBE
para PANJEKANAVERAT
LIGA DO SUL
Estreito das Sete Mortes
Território Contestado
Duralam
Geleira Sazonal
para MUSKULSEHIR
ONZE REINOS
Grande Oceano Antártico

"Barracuda Negra" e a Máquina Misteriosa

Karyan puxou a espada do peito do último oficial do galeão, chutando-o por sobre a amurada. O corpo mergulhou nas águas já vermelhas do mar. Além da fumaça e dos gritos dos moribundos, nuvens negras se formavam. Naquela noite ia chover.

Voltou-se para o interior do navio, buscando com os olhos seu imediato. Aqui e ali uns poucos desesperados continuavam a lutar. Esses caíam logo, pegos pelas costas por um pirata enquanto outro o distraía pela frente. Os mais esperançosos se rendiam, achando que tinham alguma chance.

Encontrou o velho caolho saltando do *Barracuda Negra* para o navio da Companhia com a ajuda de uma corda. Apesar da falta de todos os dedos do pé direito, anos de experiência garantiram uma aterrissagem perfeita.

– Permissão para vir a bordo, capitã!

Karyan rolou os olhos e cumprimentou seu imediato com o dedo do meio.

– Alguém nessa família precisa trabalhar, já que os velhos só ficam assistindo de longe.

Ela limpou a lâmina da espada na amurada, sem se importar muito por não ser a forma mais eficiente. Percebeu o olhar no rosto do imediato.

– O que foi?

Uba apontou a blusa desbotada que usava. Tinha o lábio torcido, mais do que pela cicatriz. Karyan olhou para baixo, para o próprio peito. O tecido branco estava todo respingado de sangue.

– Não acredito. Eu mandei fazer essa blusa semana passada.

Lambeu o dedão e esfregou onde podia. Só parecia espalhar as manchas.

– Os prisioneiros?

Desistiu de tirar as manchas. Suspirou. Uba parecia pressentir o mau humor.

– Que alimentem os peixes – ela disse. Embainhou a espada e foi atrás dos outros. Que ao menos houvesse algo valioso naquele navio para cobrir o estrago.

A Companhia Mercantil de Valmedor costumava fazer aquela rota norte-sul entre Isaamar e Muskulsehir, atravessando o Oceano dos Mil Deuses e arriscando o Estreito das Sete Mortes. O lucro justificava, diziam. Perder um navio ou dois provavelmente não era problema para eles. Melhor para gente como Karyan, que vivia dessas perdas.

Pulou o cadáver do timoneiro, assobiando uma balada de que não lembrava o nome, quando chegou às escadas para o deque inferior. Encontrou Roho Seis Dedos com um largo sorriso de poucos dentes.

– Capitã, a senhora vai querer ver isso.

*

Karyan, Roho e meia dúzia de outros piratas observavam o conteúdo da caixa recém-aberta sem ter certeza do que dizer.

– O que diabos é isso?

Ninguém se atreveu a responder. Entreolharam-se, deram de ombros.

– Parece bronze.

– Sim, mas o que é? É algum tipo de mecanismo?

– Parece com o que eles usam para mover os navios em dias sem vento – tentou Roho. – Vê os discos cheios de dentes? Eles giram e fazem outros discos girar com ele.

– Certo, mas para quê?

Roho voltou a dar de ombros.

Os esnobes de Valmedor gostavam de dizer que eram o povo mais civilizado do mundo conhecido, que em suas cidades independentes homens e mulheres faziam mais porque aprendiam mais. Os que foram até lá diziam que coisas como essa – Uba uma vez as chamou de máquinas – eram comuns em suas maiores cidades. Substituíam o vento, a lenha e a força humana.

Karyan via lucro. Alguém pagaria muito por ela.

Isso, claro, se ela descobrisse o que aquela coisa fazia.

Mandou que chamassem o imediato. Agachou-se de cócoras ao

lado da máquina, observando-a como se isso fosse fazê-la entender seu propósito. Era grande e pesada, quase como um ovo gigante. O topo era uma cúpula de bronze, as laterais mostravam os discos dentados. Havia braços de metal, correntes e coisas às quais ela nem ao menos sabia dar nome. Na caixa onde foi encontrada havia palavras – MOLNÁR ENGRENAGENS – e um desenho de três discos dentados de tamanhos diferentes formando um triângulo torto.

Roho voltou alguns minutos depois com Uba. O velho parecia irritado.

– Estou trabalhando – disse, limpando o sangue da mão em um lenço encardido.

Seus olhos foram dos fardos de grãos estocados no fundo do porão de carga para a máquina. Grunhiu qualquer coisa desagradável.

Karyan apontou com o queixo na direção da máquina.

– O que é essa coisa?

Uba suspirou. Colocou o lenço sobre o ombro e começou a caminhar em torno da máquina. O dedo deslizava pelo domo de metal. Abaixava-se aqui, cutucava lá. Terminou seu circuito balançando a cabeça como se tivesse descoberto algo interessante.

– Não faço a menor ideia.

– De que você me serve, então?

– Para comandar seu navio enquanto você se diverte matando marinheiros.

A capitã fez um bico e deu de ombros. Fazia sentido.

– Mas e a máquina?

O imediato balançou a cabeça na negativa, os olhos na carga misteriosa.

– Pode ser qualquer coisa. Um relógio, uma máquina de navegação, um moedor automático...

– Uma arma?

– É possível. Valmedor usa balestras mecanizadas. A senhora já viu o alcance daquelas coisas.

– Certo – ela disse, dando tapas nos joelhos e levantando-se. – Então traga alguém da tripulação aqui, de preferência alguém com cara de civil, um oficial da Companhia.

Uba deu uma risada sem humor.

– Acho que isso vai ser um pouco difícil.

– Qual é o problema agora?

– Você mandou alimentar os peixes.

– Então pegue-os de volta.
– Não acho que os peixes vão querer devolvê-los.
Karyan cuspiu no chão.
– Eu falo com eles.

*

O peixe saltou da amurada para o tombadilho espirrando água para todos os lados. Os piratas se afastaram sem dar as costas. Tinham, todos, as armas próximas das mãos. Não se pode confiar em peixes, muito menos quando sua refeição é interrompida.

– Preciso que devolvam uma das oferendas. Uma viva.

O peixe virou a cabeça para o lado para ver melhor com o grande olho negro. Era enervante como ele não piscava. Nem sequer tinha pálpebras. A crista que ia do topo da cabeça até a ponta da cauda estava eriçada, mostrando os padrões coloridos do Clã Maré Vermelha.

– Não devolvemos oferendas – ele borbulhou. O esforço fez espirrar água pelas guelras nas laterais ossudas da cabeça.

Ele se abaixou, puxando o cadáver de um pirata morto pelo pé. Os companheiros do morto se entreolharam, sem saber como reagir. Karyan rolou os olhos. Não faria diferença interferir. O corpo seria jogado ao mar de qualquer jeito e provavelmente devorado pelos peixes. Mas a moral da tripulação iria por água abaixo se vissem um companheiro caído sendo devorado diante dos seus olhos.

Karyan estalou os dedos para chamar a atenção do peixe. Funcionou.

– Posso pagar pela devolução.

O peixe fez um som como de uma pessoa se afogando. Talvez fosse uma risada.

– O fundo do mar está cheio de ouro e prata de seus navios afundados. Não temos utilidade para suas moedas.

Os piratas aproveitaram a distração para puxar o corpo do companheiro para longe do peixe, que não pareceu perceber, ou não se importou.

– Vocês já seguem nosso navio todos os dias, alimentam-se até ficarem fartos com os corpos que jogamos ao mar, e ainda exigem pagamento por um mísero sobrevivente.

– Errado. Vocês pagam com oferendas para que nós não ataquemos seu navio.

Karyan massageou a testa. Talvez devesse dar ordens para que seus homens matassem esse peixe e chamassem outro. De repente outro seria mais aberto a negociações.

Ela balançou a cabeça.

– Certo, me devolva uma oferenda viva e eu o recompensarei mais tarde.

O peixe olhou para o lado, onde antes havia o cadáver do pirata, parecendo só agora perceber que ele havia sido removido. Levantou-se, os dedos da mão direita movendo-se no ar como os tentáculos de uma anêmona, testando as águas. Então levantou a cabeça e ululou alto. O som fazia a capitã pensar em um leão marinho sendo devorado por uma orca.

Momentos depois, um segundo peixe surgiu na amurada logo atrás dos piratas, provocando susto. Afastaram-se, abrindo espaço para o monstro e o corpo que carregava. Jogou-o no convés como um saco de batatas.

Era um homem de trinta e poucos anos, pálido, quase azul pelo frio e asfixia.

– Ele sequer está vivo?

Como que respondendo à capitã, o segundo peixe pisou no estômago do homem caído. O homem reagiu tossindo um jorro d'água. Contorceu-se, tossiu mais, gemeu. Os peixes deixaram a oferenda devolvida e retornaram ao mar.

Os piratas levariam algum tempo para relaxar.

– Muito bem – disse Karyan, caminhando na direção do homem, que continuava a tossir e puxar o ar para dentro. Não tinha se movido da posição fetal em que se encontrava desde acordar. – Acho bom você ser útil.

Ela se agachou ao seu lado, tirou o cabelo molhado colado à testa para ver melhor seu rosto. Os olhos estavam vermelhos, perdidos. Ele não sabia bem o que achar da situação.

– Você ganhou uma segunda chance hoje – ela disse, batendo com o dedo indicador no nariz adunco dele. – Me diga, o que é a máquina e como ela funciona?

Ele piscou algumas vezes, lambeu os lábios e perguntou:

– Que máquina?

Karyan rolou os olhos, olhou para Uba, que deu de ombros. Levantou-se, sacando a espada.

– Que perda de tempo.

– Não! Não! Sim, sim! A máquina, claro! A máquina!

Ele tossiu, rolou, ergueu os braços, tentou se levantar. A capitã acenou para Roho e Uba, que ajudaram o homem a se pôr de pé, encostando-o na amurada do navio.

A espada voltou à bainha, mas a mão ficou por perto.

– Estou ouvindo.

– É um presente do Exarca de Niparsha para o Xá de Muskulsehir, para adoçar o Xá agora que a guerra com a Liga do Sul está prestes a eclodir a qualquer momento.

Karyan não entendia muito de política, mas sabia o suficiente para ser útil. Niparsha era a mais rica das cidades-estado do norte, enquanto a parte sulista do antigo reino continental era pouco mais do que uma coleção de nobres com mania de grandeza. O motivo do conflito entre eles era religião, ou pelo menos essa era a desculpa. O que realmente importava era que um presente do Exarca para o Xá significava a manutenção – ou mesmo crescimento – da rota comercial entre os dois reinos. Ou seja, mais navios para pilhar.

– E o que é a máquina? Algum tipo de arma para ser usado contra a Liga do Sul?

O sujeito mordeu os lábios, olhou em volta para os corpos que ainda restavam sobre o convés e tossiu, dessa vez fingindo, para enrolar. Ele não sabia.

– Não, calma! – ele gritou ao ouvir o som da espada sendo desembainhada. – Eu não sei o que é, mas sei como descobrir.

– Ótimo, – ela disse. Então voltou-se para seus homens. – Transfiram a carga para o *Barracuda Negra*, então queimem o navio. Rápido, antes que alguma fragata de patrulha nos encontre. Uba, leve o prisioneiro. Descubra para onde vamos.

O imediato forçou o prisioneiro a levantar-se. Empurrou-o na direção do navio da capitã.

– Vencel – disse o prisioneiro ao passar ao seu lado.

– O que é isso? É o nome da cidade para onde vamos?

– Não... – ele coçou a cabeça e forçou um sorriso. – Vencel é meu nome.

– Eu não perguntei seu nome.

*

Karyan deu um pisão na porta, estourando o trinco, e então empurrou Vencel para dentro. Saltou para o interior da loja e fechou a porta atrás dela. Checou o ferimento no braço. Outra blusa arruinada. A espada do soldado da Companhia chegara a cortar a carne, mesmo que de raspão. Karyan ia acabar com a roupa nova toda cheia de retalhos e remendos, como um bucaneiro qualquer.

– Ande logo com isso. Não temos tempo.

Segundo Vencel, a empresa responsável pela máquina, Molnár Engrenagens, mantinha cópias de todos os seus projetos em cada uma de suas lojas. Aquela simplesmente deu azar de ser a mais próxima e a menos defendida.

O plano era simples. Mas, se Karyan dependesse de planos darem certo, ela já estaria morta há muito tempo. Um grupo liderado pela própria capitã desembarcou na pequena cidade de Tihany usando a noite sem lua como cobertura. Seguiram até os armazéns de grãos na parte norte da cidade, onde iniciaram um incêndio. O ataque era um sinal para que Uba, no comando do *Barracuda Negra*, içasse suas velas e atacasse a cidade. Tudo precisava parecer um saque e nada mais. O ataque forjado atrairia a guarda citadina para aquele local, deixando o caminho livre para Karyan e Vencel seguirem até a loja na margem sul da ilhota, onde havia um posto da guarda. No entanto, no caminho entre os armazéns e a loja, Karyan encontrou dois soldados que tinham recebido ordens de esperar.

Sem tempo a perder encontrando uma rota alternativa, a capitã deu sua espada, bainha e tudo, para Vencel e mandou que ficasse calado, sob ameaça de ter o olho arrancado com uma faca se não o fizesse. Então avançou na direção dos soldados.

– Olá, rapazes. Procurando diversão esta noite?

Soldados mais experientes não cairiam em algo tão estúpido. Ela se vestia como a capitã de um navio pirata, com direito a jaqueta longa e bandana. Abriu o suficiente da jaqueta para revelar o colo acima dos seios e atrair os olhos dos dois garotos, que não deviam ter mais do que dezesseis anos.

Matou o primeiro com uma adaga fincada embaixo do maxilar, penetrando o crânio por baixo. E aí veio o segundo problema. A ponta da lâmina cravou no lado de dentro do osso e demorou para sair. Foi o tempo de o segundo guarda alertar os demais e sacar sua própria espada.

Karyan soltou a adaga e jogou o soldado moribundo sobre o outro, mas não antes de sofrer o golpe no braço. Gritou para Vencel segui-la. Ele estava tão assustado que nem sequer pensou em fugir. Seguiu-a de olhos arregalados, pálido como se fosse vomitar a qualquer momento.

Vencel parecia querer agradar. Talvez até estivesse empolgado com a ideia de estar trabalhando com piratas, saqueando uma cidadezinha qualquer como se ela fosse a própria Niparsha. Provavelmente tinha uma vida medíocre em escritórios cheios de papéis, como aquela loja onde estavam agora. Ao menos isso significava que ele sabia o que e onde procurar.

Estava atrás do balcão da loja, tirando um a um rolos de papel e tubos de couro de pequenos buracos na parede. Era como um favo de abelha, onde o mel eram projetos que poucos fora de Niparsha seriam capazes de compreender.

O som de passos apressados se aproximava. Alguém gritou um alerta, o mesmo garoto de antes. Karyan não lhe deu tempo de continuar. Abriu a porta arrombada. O soldado do outro lado arregalou os olhos, o chamado interrompido pelo susto. A espada da pirata atravessou sua garganta logo acima da couraça de metal. Os olhos rolaram nas órbitas e o garoto desmontou, afogando-se no próprio sangue.

Uma seta de metal silvou diante do nariz da capitã e se fincou no batente da porta ao seu lado. Os outros soldados não estavam muito longe.

– Se dá valor à sua vida, é bom achar esse projeto agora.

– Achei! – gritou Vencel, erguendo um tubo de couro como um troféu. Quando viu o soldado estrebuchando no chão, ficou pálido como no dia em que foi tirado da água.

– Tem certeza de que é este?

– Absoluta. Mesmo desenho.

Nem o tom de voz nem a expressão no seu rosto convenceram Karyan. Dane-se. Não havia mais tempo.

Karyan voltou a fechar a porta, olhou em torno, empurrou uma estante cheia de livros atrás dela.

– Essa era a única saída!

– Não, não é.

Saltou por sobre a bancada, agarrou Vencel pelo braço e o arrastou atrás dela. Subiu as escadas ouvindo atrás dela o som dos soldados tentando abrir a porta bloqueada. O andar de cima da loja era um tipo de depósito de teto baixo que os forçava a praticamente engatinhar. Havia janelas, mas todas minúsculas. Todas menos uma na parte da frente.

– Bloqueie as escadas – disse, sem nem olhar para trás. Foi direto para a janela.

Do alto podia ver quatro soldados. O primeiro já tinha aberto o suficiente da porta para tentar esgueirar-se para dentro. Foi difícil segurar a vontade de matá-los de surpresa, lá de cima. Olhou na direção da cidade. As chamas que usaram para desviar a atenção para o saque da loja já estavam sendo apagadas. Mas o mais importante eram as velas brancas de duas fragatas da Companhia, fazendo a volta na entrada do rio para interceptar o *Barracuda Negra*, que continuava a abrir fogo com suas balestras e catapultas.

– Esse tubo é à prova d'água?

– É... por quê?

Karyan agarrou Vencel pelo braço e o arremessou pela janela. Seus gritos foram o suficiente para atrair a atenção dos guardas. Karyan o seguiu de perto, mergulhando de forma muito mais elegante e eficiente no mar, poucos metros distante da frente da loja. Agora era apenas uma questão de sobreviver tempo suficiente para alcançar o barco.

*

Estavam ensopados quando retornaram ao *Barracuda Negra*. Encontraram o barco que os deixara em Tihany exatamente quando seus homens se preparavam para partir. Podia ouvir Uba gritando ordens e palavrões mesmo antes de subir as escadas até o convés.

– Esse foi o plano mais idiota que você já teve na vida – ele gritou assim que Karyan colocou os pés encharcados no piso de madeira.

– Me lembre de novo por que eu não o mato.

– Motins – ele disse, pela enésima vez. – Eu evito motins enquanto você se diverte.

Reassegurada de que seu imediato era útil, apesar de irritante, Karyan arrastou Vencel pelo braço na direção da máquina que havia sido transportada para o *Barracuda Negra*. Uba convenceu a capitã de que era boa ideia deixá-la ao ar livre, caso fosse mesmo uma arma. Seria péssimo se a tal coisa provocasse um incêndio ou disparasse projéteis no porão do navio.

Vencel foi aos tropeços até a máquina, o tubo de couro com o projeto abraçado ao corpo. Cambaleou e caiu de joelhos no chão, pálido e sem fôlego. Atrás deles, Uba dava ordens para içarem as velas e afastarem-se o mais rápido possível da costa. As duas fragatas da Companhia Mercantil já haviam saído da entrada do rio e faziam a volta no pier. O vento estava contra elas, mas seus próprios mecanismos faziam-nas avançar rápido na direção do navio pirata como se movidas por magia.

– Capitã...

Uba não precisava explicar o chamado. O olhar era o suficiente.

Não seria fácil escapar das duas fragatas. A não ser que esta máquina fosse algum tipo de motor ou arma.

Vencel desenrolou os papéis do projeto e os colocou no convés. Tinha aberto uma portinhola na base da máquina que Karyan nem ao menos sabia que existia. Ia do projeto para o interior da máquina, enfiava a mão, girava algo.

– Alivie o peso – disse Karyan sem tirar os olhos da máquina.

Uba grunhiu qualquer coisa sobre peso inútil e repassou a ordem. Logo seus homens estavam retirando cordas extras e parte do butim mais recente e arremessando-as ao mar. Qualquer coisa agora faria a diferença. Talvez os peixes vissem aquilo como presentes e ao menos estariam quites.

– Cuidado!

Karyan sentiu, mais do que ouviu, o som da madeira sendo perfurada a poucos metros dela. Lascas de madeira atingiram seu rosto e seu braço. Ela se virou para o outro lado, cobrindo o rosto, tarde demais. Sentiu as farpas na bochecha. Sentiu o sangue. Por pouco não perdera um olho.

Voltou-se para o lugar do impacto. Uba estava caído ao seu lado, uma lança de ferro gigantesca atravessando seu estômago, a ponta fincada no convés atrás dele. Ele a olhava com clara irritação, culpando-a por tudo aquilo. Cuspia e babava sangue. Morreu.

A capitã gritou que seus homens revidassem. Roho respondeu assustado que estavam longe demais para atingir as fragatas. Lembrou que Uba alertara sobre o alcance das armas mecânicas de Niparsha. Karyan reforçou a ordem mesmo assim. Na pior das hipóteses, disparar suas armas aliviaria o peso do *Barracuda Negra,* e talvez lhes desse a ajuda necessária para escapar.

– Consegui! – veio o grito animado atrás dela. Virou-se para ver Vencel sorrindo como uma criança, ignorante ou enlouquecido pelo que acontecia à sua volta.

A máquina fazia um barulho irritante de metal batendo e correias circulando. Os discos dentados giravam cada um em uma direção, fazendo qualquer coisa que ela não tinha ideia do que era.

Aproximou-se, quase caindo de joelhos, rezando aos mil deuses daquele oceano para que a máquina resolvesse todos os seus problemas.

A cúpula de bronze se abriu, revelando fumaça e luzes. Algo emergiu da névoa para fora da máquina.

Então uma música começou a tocar.

– O que é isso?

De onde se abrira a cúpula surgia um pequeno anfiteatro, completo com uma plateia em miniatura, músicos e palco. Na parte mais elevada, dois dançarinos de madeira giravam e giravam. A música parecia vir da orquestra fictícia que também se movia. Na plateia, pequenos homens e mulheres, cada um pintado individualmente para ser único, levantava-se, aplaudia, agitava os bracinhos.

Karyan virou-se para Vencel.

Só então eles entenderam o que era a máquina.

*

Normalmente o Clã Maré Vermelha não ia até a costa. Gostavam do oceano aberto, de preferência as águas mais profundas, onde se sentiam mais confortáveis com o frio, a escuridão e o peso da água. Mas aprenderam a se adaptar. Enquanto outros cardumes permaneciam sempre nos mesmos campos de caça, o Maré Vermelha aprendera a seguir os navios humanos. Seguir o *Barracuda Negra* era sempre garantia de alimento farto e, vez ou outra, um tesouro especial. Mas praticamente nunca o navio havia seguido na direção da costa continental. Se ia desta vez, era porque havia algo de valioso lá, e os membros do Clã Maré Vermelha não perderiam esse banquete.

Durante um tempo, nada aconteceu. Alguns falaram em partir, em retornar para os arquipélagos onde humanos faziam suas oferendas regulares. Outros declaravam que era hora de voltar aos velhos costumes, de atacar as cidades humanas costeiras, sequestrar suas mulheres, devorar seus filhos. E pretendiam começar com aquela cidade logo ali.

Então as primeiras pedras e setas de metal começaram a chover. A chuva de metal sempre precedia a chuva de carne. Sentiam seus estômagos roncando de lembrar o cheiro de sangue da água. Agitados, quase mordiam uns aos outros, especialmente os mais fracos, os lentos demais para se afastar ou lutar. A ansiedade só crescia.

Quando a primeira oferenda atingiu o mar, os membros do cardume dispararam em sua direção. Não sentiam o cheiro de sangue, nem sentiam carne. Pararam assim que estavam próximos o suficiente para seus seis sentidos identificarem o que era.

Era um objeto grande de metal, uma cúpula de bronze no topo, pequenos discos dentados visíveis no interior aberto, onde correntes e braços faziam ligações irrelevantes. O objeto afundava rápido, pesado, em direção ao fundo do mar.

Uma única corrente saía da máquina e se estendia na direção da superfície. Trazia com ela a verdadeira oferenda.

Alguns dos membros do cardume se entreolharam, curiosos. Tinham certeza de já ter visto aquela oferenda antes pouco tempo antes. Já não o tinham comido?

Colocaram suas dúvidas de lado. Não fazia diferença. Avançaram, garras em riste, mandíbulas abertas, aproveitando enquanto o homem preso pelo pé à corrente ainda se debatia. Oferendas vivas sempre eram mais gostosas.

PANJEKANAVERAT
Deserto Ondulante
para Myambe
Nahavanas
Naripuri
Espinha Dorsal do Mundo
Reino Extinto de Vatahanas
Pântano de Ghandalla
Padrão migratório
Desfiladeiros de Cristal
Florestas de marfim
Cerca Viva
Último Refúgio
Mar das Lâminas Coloridas
Enseada da Coroa
Atol de Dagon
para Onze Reinos
Cidade
Ruínas
Expedição perdida
Floresta

De Sonhos e Pesadelos

Kasim tomou um longo gole do vinho de palma, então arremessou a garrafa com toda sua força por cima da amurada do navio, o mais longe possível, como se estivesse tentando atingir Último Refúgio, já invisível além do horizonte.

O que o aguardava em Duralam? Que tipo de lugar era esse onde até as noites tinham preguiça de partir?

Fosse o que fosse, certamente seria um lugar para recomeçar longe de tudo.

Longe do Império de Diamante e seus sacerdotes que o queriam morto, longe de Último Refúgio e seus pesadelos ambulantes, longe de Vema...

Kasim respirou longamente, forçando-se a dar as costas ao passado. Talvez houvesse mais vinho de palma na despensa, ou talvez algo mais forte que pudesse nocauteá-lo pelo resto da viagem.

Virou-se para dar de cara com um sujeito alto, de pele morena por tempo demais sob o sol. Usava o uniforme da Companhia Mercantil de Valmedor e a insígnia de imediato.

Kasim suspirou.

– O que foi?

O sujeito parecia nervoso. Puxava a barra do uniforme e tentava aparentar mais segurança ao abordar um mercenário bêbado.

– Fui informado que você sabe lidar com peixes.

Kasim fez um barulho com a boca, depois deu um passo para o lado, passando pelo imediato.

– Não sou pescador, se é isso que você está insinuando.

– Não – disse o sujeito, segurado Kasim pelo braço. – Você não me entendeu.

O imediato se aproximou da amurada do navio, então apontou para baixo.

Na água agitada do mar em torno do navio, centenas de olhos arregalados o acompanhavam, ansiosos para iniciar um banquete.

*

A cena na proa do navio mercante lançava calafrios pelas costas de Kasim e trazia à boca o gosto amargo de péssimas memórias. Lambeu os lábios, cuspiu no convés de madeira.

Ninguém estava gritando ou gemendo de dor, o que já era um alívio, até certo ponto. Na experiência de Kasim, existiam dois tipos de peixes: os que gostavam de falar coisas em sentido e os que só abriam a boca para devorar seu rosto.

Se ninguém estava gritando, é porque podia descartar o segundo tipo.

Não que o primeiro tipo fosse mais agradável de lidar.

Kasim respirou fundo, preparando-se para o que veria enquanto o imediato ordenava que os curiosos se afastassem.

De pé na proa do navio estava uma criatura de pouco mais de um metro e meio de altura. Se a altura não o intimidava, a aparência o fazia.

A pele lisa de um azul prateado reluzia à luz do entardecer onde não estava coberta pelas cracas que faziam as vezes de armadura. Uma cauda longa arrastava-se no convés em movimentos lentos, como se ainda pensasse estar na água. Os pés tinham garras longas demais, assim como os dedos das mãos, que seguravam um arpão de madeira e aço. Mas era a cabeça o que mais lançava arrepios coluna acima.

A cabeça era chata e larga, a boca mais alta do que parecia certo, e um par de grandes olhos negros de cada lado do rosto examinava as pessoas à sua volta. Lembrava Kasim de um pesadelo que uma vez vira próximo ao porto de Último Refúgio. A origem tinha sido, provavelmente, algum coitado que sobrevivera ao encontro com esses sujeitos.

Não era nada como os peixes que Kasim tinha encontrado antes, e não havia como ignorar a arma de metal em sua mão. Não havia fogo debaixo d'água, então isso implicava em comércio ou saque.

O grande olho negro voltou-se para o mercenário e se deteve ali, examinando, esperando que ele dissesse algo.

Kasim bufou, esfregou a testa. Olhou por cima do ombro para o imediato.

– O que exatamente você espera de mim?

– Você é o especialista aqui.

Kasim riu sem humor algum.

Àquela altura, a única solução que passava pela sua cabeça era sacar a espada e atacar o peixe. Talvez o matasse, talvez não. Com certeza isso não resolveria o problema da tripulação ou dos passageiros, mas talvez resolvesse o de Kasim. Morto, ele não precisaria se lembrar dos erros do passado, muito menos dos do presente. Não precisaria beber para esquecer o rosto dela, o cheiro dela. Não precisaria se forçar a esquecer o que largara para trás, nem o porquê.

A mão foi até a cintura, sem encontrar nada lá. Lembrou que deixara tudo no baú do dormitório que compartilhava com outros viajantes, achando que teria ao menos uma noite de paz longe daquele inferno de sonhos lúcidos e estrangeiros esquisitos.

Kasim nunca fora muito bom de briga sem armas, e não queria que seus últimos momentos fossem vexaminosos; então deu de ombros, desprendeu-se da multidão inútil e deu dois passos em direção ao peixe. Com o melhor tom de diplomacia que conseguia arranjar, colocou os punhos na cintura, estufou o peito e disse:

– Tá, o que você quer?

Houve um burburinho pela multidão à sua volta, e Kasim considerou que talvez devesse parar de tentar ser diplomático. Nunca levara jeito para aquilo.

Como resposta, o peixe chacoalhou o corpo, como um cão tentando se livrar de uma coceira incômoda. A pele pareceu se partir como uma onda da cabeça aos pés, como se ferida por uma rede afiada. Losangos que deviam ser escamas se ergueram, revelando uma pele mais fina e vermelho-vivo por baixo. A couraça orgânica também se mexeu, e mais de perto Kasim percebeu que eram como corais que, por qualquer razão, tinham crescido para proteger o corpo do peixe.

– Este é o território do Clã Maré Vermelha – disse o peixe, entre borbulhas, numa voz que soava como alguém se afogando. Ele ergueu a mão livre, os dedos agitando-se no ar, diante do rosto. – Passagem apenas sob pedágio.

Kasim levou alguns segundos para entender, mas em seguida torceu o lábio e concordou com a cabeça.

– Parece justo. – Voltou-se para o imediato e se repetiu: – Parece justo. Pague o homem e vamos seguir em frente.

– O preço – continuou o peixe enquanto Kasim fazia o caminho para a cozinha – é um quarto dos passageiros deste navio.

O murmúrio da multidão tornou-se uma falação desesperada. Alguém desmaiou. Alguém ameaçou sacar uma espada. Ninguém fazia ideia de que isso só tornaria as coisas mais complicadas.

O imediato fitava Kasim com olhos arregalados, pálido, esperando que ele fizesse algo.

– Vocês têm até o amanhecer – disse o peixe. Então Kasim ouviu o som de algo atingindo a água, anunciando que ele tinha partido.

Kasim cogitou descer para o dormitório e embarcar num torpor alcoólico, mas achava que não conseguiria fazer isso, fosse pela rede apertada, o movimento do mar ou o falatório que certamente duraria até o amanhecer. Se ao menos tivesse trazido com ele um daqueles sonhos customizados de Último Refúgio, do tipo que o deixava mais entorpecido que qualquer vinho...

Mas era impossível pensar neles sem memórias de Vema, e, se ele deixara tudo para trás, não fazia sentido algum prolongar o sofrimento agarrado àquilo.

Ao comprar passagem nesse navio, Kasim tentara alugar um dos poucos quartos privados para a viagem, mesmo que isso significasse gastar uma fortuna, mas o capitão insistira que eles já estavam todos ocupados. Kasim tinha inveja de fossem quem fossem os passageiros, provavelmente trancados lá todo esse tempo. Com certeza não seriam cogitados como pedágio para os peixes.

Uma mão insistente o agarrou. O imediato não parava de falar qualquer coisa sobre planos de como lidar com aquilo e como Kasim podia resolver o problema.

Quando deu por si, estava nos aposentos do capitão do navio, e nem ele, nem Kasim estavam contentes com isso.

– Meu imediato se antecipou em envolvê-lo nisso, mercenário. Não precisamos de sua ajuda.

O tom do capitão foi mais do que suficiente para Kasim mudar de ideia sobre não se envolver com o caso.

– Ah, então você só pretende jogar vinte ou trinta pessoas ao mar e seguir viagem? E vai escolher como? Mulheres e crianças primeiro? Altura? Um concurso de beleza, talvez?

– Temos tudo sob controle.

O imediato claramente discordava. Adiantou-se até a mesa do capitão, inclinando-se sobre ela.

– Senhor, Kasim foi capitão da guarda em Último Refúgio. Ele esteve envolvido em... o senhor sabe.

– Ah – O capitão desviou o olhar, como se estivesse lembrando. Cofiou a barba grisalha. – Isso é... inusitado.

Kasim preferiu dizer qualquer coisa para que parassem de falar dele como se não estivesse bem ali. Até porque aquele assunto o fazia lembrar-se do jeito com que Vema o olhou quando ele disse que partiria. Chegava a imaginar o cheiro dela permeando o cômodo.

– Não se parecem com os peixes da Corte da Mãe Hidra, nem com a prole de Pai Dagon.

O capitão o examinou cauteloso. Concordou com a cabeça e se sentou à mesa. Puxou de um estojo de madeira um rolo de mapas.

– São outro grupo. Nômades. Mais carniceiros do que predadores.

Havia algo no jeito do capitão se portar, no olhar, no jeito de falar, que incomodava Kasim.

– Você parece saber bastante sobre eles.

Ele se deteve, irritado. Puxou do rolo um mapa em particular e o colocou sobre a mesa, prendendo as pontas com a caixa, uma lanterna a óleo e uma taça de ferro onde se podiam ver as pétalas molhadas de alguma flor.

– Qualquer marinheiro da Companhia sabe.

A expressão no rosto do imediato dizia outra coisa, assim como a reação dos marinheiros lá fora.

– Não esperava ter de lidar com eles tão cedo – continuou o capitão, buscando algo no mapa. Tocou com um dedo um grupo de ilhas entre Panjekanaverat e os Onze Reinos ao sul. – Esperava usar a proteção da Boca do Tubarão para evitar tais problemas. Acha alguma coisa engraçada, mercenário?

– Nome curioso para um arquipélago, considerando quem acabou de nos visitar. O quão longe estamos desse lugar?

O capitão resmungou algo, provavelmente criticando a intrusão de Kasim.

– Senhor Karel, abra o arsenal e coloque os marinheiros a postos. Velocidade máxima imediatamente. Abata qualquer um dos peixes que tentar subir a bordo.

Um cumprimento com a cabeça foi a resposta do imediato, mas o breve olhar lançado para Kasim disse que o sujeito estava morrendo de medo, e talvez preferisse que o mercenário fizesse algo a respeito.

– Algumas horas – finalmente respondeu o capitão, voltando a enrolar o mapa, só agora dando a Kasim a graça de olhá-lo diretamente. – Os motores mecânicos de Valmedor são os mais rápidos de todo o mundo. Podemos deixar esses peixes para trás sem dificuldade alguma.

– Vi outro navio no horizonte.

O capitão se deteve por um momento, então voltou a guardar seus pertences, subitamente mais meticuloso do que antes.

– Da Companhia?

– Duas velas. Parecia de Myambe, provavelmente da Costa Livre.

– Entendo. Provavelmente só mais alguém pego pelos peixes.

Kasim se imaginou pedindo a Vema que entrasse nos sonhos desse sujeito, que descobrisse o que ele estava escondendo. O pensamento doeu mais do que ele queria admitir. Respirou fundo, resolvido a dizer ao capitão para fazer o que quisesse e deixá-lo em paz.

Um tranco forte quase jogou Kasim e o capitão ao chão. A taça sobre a mesa virou, entornando o chá de pétalas pelo convés. Reflexos rápidos fizeram o capitão segurar a lanterna no lugar antes que ela fosse ao chão, incendiando tudo.

Era como estar em uma casa atingida por um búfalo furioso, ou uma carroça chocando-se com uma parede.

– O que foi isso?

A pergunta foi para Kasim, mas sem esperança de ouvir uma resposta do mercenário. Ainda assim, havia algo ali que dizia mil coisas, incluindo o pavor de que ele estivesse errado desde o começo.

A porta se abriu subitamente. O imediato parecia mais pálido do que antes.

– Capitão, temos problemas.

– O que foi, homem? – O capitão se levantou. – Desembuche.

– Os peixes, senhor. Eles travaram a hélice com algas e águas-vivas. Estamos à deriva.

*

A baía de Último Refúgio era isolada do mundo por uma vasta barricada de corais onde vivia a Corte de Mãe Hidra. Aqueles peixes preferiam as águas quentes e rasas da baía, enquanto seus rivais menos civilizados preferiam as fendas profundas no oceano em torno da ilha de Panjekanaverat. Se seus captores fossem como esses últimos peixes, talvez chegar até aquelas ilhas mencionadas pelo capitão, onde as águas seriam mais rasas e quentes, os despistasse. Na pior das hipóteses, as águas seriam mais claras e menos agitadas, o suficiente para ver através delas. Com sorte, águas mais rasas impediriam qualquer coisa maior que os peixes pudessem ter oculta sob a superfície. Kasim sentia um calafrio só de pensar no tipo de coisas que tivera de enfrentar durante seu tempo em Último Refúgio.

Alguma coisa nessa situação toda o incomodava muito. Mais do que o risco de virar comida de peixe, claro.

A Corte de Mãe Hidra era quase como uma cidade-estado, com suas próprias leis e regras, e mantinha um acordo diplomático com Último Refúgio e a Companhia Mercantil, que a administrava. Podia-se dizer que Kasim tivera a oportunidade de ver o quão cruéis eles podiam ser, mas não eram nada comparados aos vorazes e selvagens filhos de Pai Dagon.

Já esse grupo...

O que dissera o capitão? Que o Clã Maré Vermelha era mais carniceiro do que predador?

Havia centenas deles nas águas em torno do navio, provavelmente mais ocultos sob as ondas. E o navio não ia a lugar algum com as pás do motor presas.

Por que então eles não simplesmente invadiam o navio e pegavam o que queriam?

Um movimento atrás de Kasim atraiu sua atenção. Um marinheiro descia do mastro principal, raramente usado, já que o motor mecânico de Valmedor substituía o vento. O homem trazia nas mãos o aparato de lentes que os homens da Companhia usavam para ver longe.

Kasim pegou o aparato da mão do marinheiro e se aproximou da amurada, ignorando as reclamações.

O navio que tinha visto antes permanecia distante no horizonte, as velas recolhidas. De que forma os peixes teriam impedido seu movimento? Talvez com pesos servindo de âncora? Será que havia peixes suficientes para atacar ambos os navios ao mesmo tempo? Daquela distância era impossível identificar qualquer um deles na água perto da outra embarcação.

Alguma coisa chamou sua atenção para as ondas.

Por um instante, pensou serem os peixes, talvez alguns acompanhados por tubarões, como eles costumavam usar para caçar.

Então percebeu a luz fraca de uma lanterna.

Peixes não usavam lanternas.

Era um bote, cheio de homens e mulheres ocultos pela escuridão da noite sem lua.

Kasim buscou nas ondas.

Não era apenas um bote.

Eram seis. Cada um com pelo menos uma dúzia de piratas armados, seguindo em sua direção.

Fora por isso que os peixes lhes deram até o amanhecer.

Não havia pedágio algum.

Era uma emboscada.

Kasim jogou a luneta de volta para o marinheiro sem nada dizer e correu em busca do imediato ou do capitão. Eles precisavam ser alertados imediatamente.

Todo navio da Companhia tinha um bom número de marinheiros treinados para abordagem, mas Kasim duvidava que, mesmo com armamento mais avançado, eles fossem capazes de lidar com tantos piratas no meio da noite. Isso sem falar nos peixes.

Kasim chegou aos aposentos do capitão e, mesmo sem permissão, abriu a porta, mas não havia ninguém lá. Talvez ele estivesse na sala de máquinas tentando desbloquear as hélices, ou juntando seus marinheiros para planejar a defesa da manhã seguinte, quando o prazo chegaria ao fim.

Mas não havia mais prazo.

Voltou ao convés, procurando por alguém que pudesse informá-lo sobre o capitão. Não achava que gritar sobre o que acontecia era uma boa ideia. Havia dezenas de passageiros no navio, e aquela notícia só tornaria tudo ainda pior.

Viu o imediato descendo as escadas para o convés de passageiros e resolveu segui-lo. Quando chegou ao pé das escadas, o imediato estava abrindo uma porta no final do corredor. Era um dos cômodos privados, alugados pelos ricos e influentes. O capitão provavelmente estava conversando com algum dos passageiros mais ricos, talvez algum mercador importante ou emissário em viagem.

Abriu a boca para chamá-lo, balançou a cabeça e correu. A tontura da bebida tinha passado, e a sensação do combate prestes a acontecer esquentava os músculos e fazia o sangue subir à cabeça.

– Preciso falar com seu capitão – disse, impedindo que a porta se fechasse na sua cara.

Do outro lado, o imediato arregalou os olhos, a boca aberta. Gaguejou antes de conseguir dizer algo minimamente compreensível.

– Senhor Kasim, o senhor não deveria estar aqui.

– Olha, amigo, não temos tempo para isso. A situação é grave. – Kasim puxou o imediato pelo ombro e empurrou a porta. – Capitão, temos um problema.

O capitão se levantou da mesa no centro do cômodo, a expressão de surpresa e algo que mais parecia culpa do que medo. Kasim levou alguns segundos para registrar para onde o capitão olhava.

Do lado oposto do aposento havia uma cama como as encontradas em palácios. Sentada nela estava uma mulher de pele da cor do deserto, longos cabelos negros cobertos por um lenço que ele comprara de uma velha imigrante em uma feira de rua. O lenço destoava do sari amarelo que se enrolava no corpo dela como uma túnica. Uma corrente de ouro, que uma vez o incomodara, ia de uma argola do nariz até o lóbulo esquerdo, tilintando com penduricalhos, como as pulseiras e tornozeleiras que ela tanto adorava usar.

Lembrou-se de sentir seu cheiro nos aposentos do capitão. Lembrou a taça de chá de pétalas.

Lembrou-se da última vez que a vira, recusando-se a partir com ele.

Vema Thevar forçou um sorriso que ele pensava que nunca mais veria.

*

Mil sensações explodiram no coração de Kasim. Sentiu-o bater como não batia havia muito tempo. Sentiu vontade de abraçá-la e pedir desculpas, de chorar apesar do capitão e do imediato como testemunhas.

– Esse não é nosso lugar – ele tinha dito a ela nquela última noite.

– Esse não é o *seu* lugar, Kasim.

A memória doeu, mesmo que ele soubesse que ela estava certa.

Que direito tinha ela de reaparecer, depois que ele aceitara a perda, que entendera que precisaria começar do zero. Depois que sentira a dor de precisar decidir entre ser quem ele era ou tê-la com ele.

– Você está me seguindo – ele balbuciou antes que percebesse.

O olhar no rosto dela dizia que a acusação feria, e, mesmo que Kasim quisesse se forçar a ficar feliz com isso, ele não conseguia.

– Não é nada disso, Kasim.

Ela sorria como quando ele dizia alguma besteira. Kasim reagiu como sabia, apontando para a cama, para ela, para o capitão.

– Como você explica isso, então?

– Coincidência – ela disse, dando de ombros.

– Ah, claro.

O capitão limpou a garganta para chamar a atenção de Kasim. Ele tinha voltado a se sentar à mesa.

– Se me permite, *ashan* Thevar?

Vema concordou com a cabeça. Ela não tinha se levantado de onde estava. Pegou a taça na mesa ao lado da cama e bebericou o chá de pétalas.

– Há anos um navio pirata chamado *Barracuda Negra* vem ameaçando a frota da Companhia Mercantil. Cerca de seis meses atrás eles atacaram um posto comercial em Tihany, causando perdas consideráveis à Companhia. Escaparam apesar dos danos severos que infligimos a eles.

– O que isso tem a ver com tudo isso?

O capitão olhou para Vema, como se questionando se Kasim era sempre assim. Ela escondeu um sorriso por trás da taça de chá.

– Em todos os avistamentos do *Barracuda Negra* – continuou o capitão – havia uma curiosa semelhança: a presença de um enorme cardume de peixes carniceiros.

– A Maré Vermelha.

– Justamente. Concluimos que a melhor forma de localizar o *Barracuda Negra* era localizando este clã.

O navio que Kasim tinha avistado, o de desenho da Costa Livre.

– Vocês sabiam que ele estava lá.

– Esperávamos que estivesse, mas, como eu disse, o plano era tentar emboscá-los na Boca do Tubarão.

O que faria sentido se aquele fosse um navio preparado, e não um mercante cheio de passageiros. Era um faisão gordo e desajeitado andando pela savana, esperando para ser devorado pela primeira leoa que o visse.

– E o que Vema tem a ver com isso?

O capitão entrelaçou os dedos sobre a mesa, o olhar neles, como se não tivesse coragem de explicar essa parte.

– O prefeito de Último Refúgio solicitou a ajuda dos onironautas – Vema explicou. Ela se levantou da cama e pegou do chão o aparelho que sempre usava para entrar no Mundo dos Sonhos. – Uma vez que estivéssemos perto o suficiente, eu teria como encontrar os piratas.

Como um cão farejador.

Peixes não sonham, ela explicara uma vez. Então um navio cheio de piratas provavelmente seria como um farol no meio da escuridão para ela. Quantos outros da sua ordem estavam escondidos em navios como aquele, servindo de isca para esses piratas?

– E agora? Vocês pescaram sua barracuda, mas não têm como lidar com eles. – Kasim apontou para o capitão como se seu dedo acusador fosse uma espada. – Ela vai morrer por sua culpa!

– Não sou uma boneca de porcelana, Kasim.

Kasim respirou fundo, baixou o braço, fez bico. Andou de um lado para o outro do cômodo.

– Eles estão vindo para cá. Seis botes cheios.

O capitão se levantou.

– Senhor Karel, os homens estão prontos?

– Sim, capitão. Estão ocultos, esperando a ordem para atacar.

Kasim balançou a cabeça.

– A não ser que você tenha alguns feiticeiros ou coisa parecida na manga, não vão conseguir derrotar esses piratas. São muitos.

– Impossível. O relatório diz que o *Barracuda Negra* perdeu mais da metade da tripulação.

– Você esqueceu os peixes.

– Eles não atacam. Aprenderam a esperar para devorar aqueles que caem na água. Muito menos esforço e risco para eles.

Kasim surpirou.

– E agora?

O som de algo batendo no casco atraiu sua atenção para o alto. Gritos vieram do convés.

O capitão abriu a boca para dar a ordem de atacar, mas Vema ergueu uma mão. Tinha uma bolsa nas costas.

– E agora eu me entrego aos piratas.

– De forma alguma!

Ela sorriu e desfilou pelo aposento até a porta.

– Não estou pedindo sua permissão.

– É perigoso.

Vema se deteve na porta tempo suficiente para o imediato abrir caminho. Ela olhou para trás, para o ex-amante, e piscou o olho.

– Você sabe muito bem que eu sei me cuidar.

Ninguém fez nada para impedi-la. Vema exercia esse tipo de efeito sobre as pessoas.

O capitão foi o primeiro a se recuperar, limpando a garganta e saindo a passos apressados.

Kasim correu atrás deles, se odiando por não ter ficado com sua espada e corselete de couro o tempo todo. Já devia ter aprendido que tudo dava errado com ele quando podia.

O convés estava tomado por homens e mulheres usando uma mistura de roupas rasgadas e manchadas de sangue. Tinham, todos, espadas, porretes e machadinhas à mão. Rapidamente desarmavam alguns dos marinheiros do navio, que largavam suas bestas mecânicas, entregando-se sem lutar.

– Ah, olha só quem resolveu dar o ar da sua graça! – disse uma mulher com a pele negra de Myambe. Usava uma blusa cheia de babados, que uma vez devia ter sido branca, e brandia uma espada. Cicatrizes marcavam seu rosto e ódio marcava seus olhos. – Boa noite, capitão! Estou aqui para levar todos os seus pertences. Mande seus marujos largarem as armas.

– Capitã Karyan, presumo.

O capitão se aproximou, gesticulando para que seus homens baixassem as armas. Eles se entreolharam, confusos. Alguns obedeceram, dando passos para trás.

– Ah, eu queria que Uba ainda estivesse vivo. Ele estaria orgulhoso. Sabe por que ele não está vivo? Porque vocês mataram ele!

– Se os relatórios são confiáveis, você tinha acabado de incendiar uma vila pacata minutos antes.

Karyan pareceu considerar por alguns minutos, então deu de ombros, como quem não liga.

– Você mataram meu imediato. Talvez eu devesse matar o seu.

Apesar de pálido, o imediato não deu um passo sequer para trás. Ergueu o queixo, como se pronto para pagar o preço de ser funcionário da Companhia.

– Tenho uma sugestão melhor.

Os olhares se voltaram para Vema. Antes que Kasim pudesse fazer qualquer coisa, ela caminhou na direção dos piratas.

– E quem é você, princesa? Com certeza tem joias suficientes para parecer uma princesa. – Karyan apontou com a espada para as pulseiras e correntes. – É ouro isso aí?

– Nada comparado ao que o governo de Último Refúgio pagaria pelo meu resgate.

– Ah, entendo. Entendo. – Karyan abaixou a espada e começou a limpar as unhas com a ponta da arma. – Uma troca, é isso? Levamos você, deixamos os outros partirem e você fica de refém? Gosto. Gosto. Os peixes não vão gostar. Eles gostam de carne.

– Nada de carne – Vema foi categórica.

Karyan torceu o lábio, fez uma careta.

– Não sei se eles vão gostar desse lado da barganha. Geralmente, por onde nós navegamos, chove bastante carne sobre eles.

– Bom, eu tenho certeza que podemos satisfazê-los de alguma

forma. – Vema caminhou na direção da amurada, como se os piratas fossem velhos amigos. – Podemos ir?

Kasim olhou à sua volta. Viu uma das bestas mecânicas no chão. Talvez pudesse pegá-la; conseguiria fazer alguns disparos, suficientes para pegar a espada de um dos piratas. Talvez assim ele pudesse...

– Eu conheço esse olhar, garoto – disse Karyan, sem olhar diretamente para ele. – Não seja idiota. Somos todos amigos aqui.

– Nós já tivemos essa conversa, Kasim.

Vema nem se deteve para dizer aquilo. Já estava amarrando o sári nas pernas, transformando túnica em calças, e passando por cima dos cordames para descer até os botes.

– Determinada essa moça, hein? Espero não ter que matá-la, querida. Kasim, a moça já decidiu. Ela prefere a minha companhia.

– É isso, então? – questionou o capitão.

– Claro que não! – exclamou Karyan, um sorriso enorme no rosto. – Gastei uma fortuna para recuperar o *Barracuda Negra*! Entreguem todo o seu ouro e prata, e aceito essas armas mecânicas que vocês tanto adoram. Se elas são capazes de fazer o estrago que fizeram no meu navio, imagine o que farão para os outros!

*

Kasim acordou com o eco de gritos na distância.

Em algum momento depois de os piratas partirem, os peixes desprenderam as hélices do navio e desapareceram na escuridão do mar aberto. Uma vez que ficou óbvio que tinham ido embora, o capitão deu ordem para que o navio voltasse a navegar, mas em baixa velocidade, com a desculpa de testar o mecanismo do motor.

O sol começava a tingir o horizonte quando Kasim chegou ao convés para encontrar o navio novamente em atividade. O imediato estava na popa, olhando para longe. Sorria. Ofereceu a Kasim a luneta.

Kasim não precisava dela para saber o que veria, mas a curiosidade e o medo de que algo desse errado era mais forte.

Os piratas estavam se jogando no mar.

Enlouquecidos, desesperados, literalmente perseguidos pelos seus próprios medos.

Porque Vema não só conseguia entrar nos sonhos das pessoas para localizá-los: ela conseguia encontrar na mente de cada um seus piores pesadelos.

E libertá-los no mundo real.

O capitão se aproximou de Kasim sem nada dizer. Permaneceu em silêncio, olhando na direção do *Barracuda Negra.* Então deu um tapinha no ombro do mercenário e deu as costas para ele, gritando ordens para que os seus marinheiros preparassem os botes. Estava na hora de resgatar Vema Thevar.

Kasim olhou para o mar.

Barbatanas seguiam na direção do navio pirata.

Naquela manhã os peixes teriam um banquete diferente.

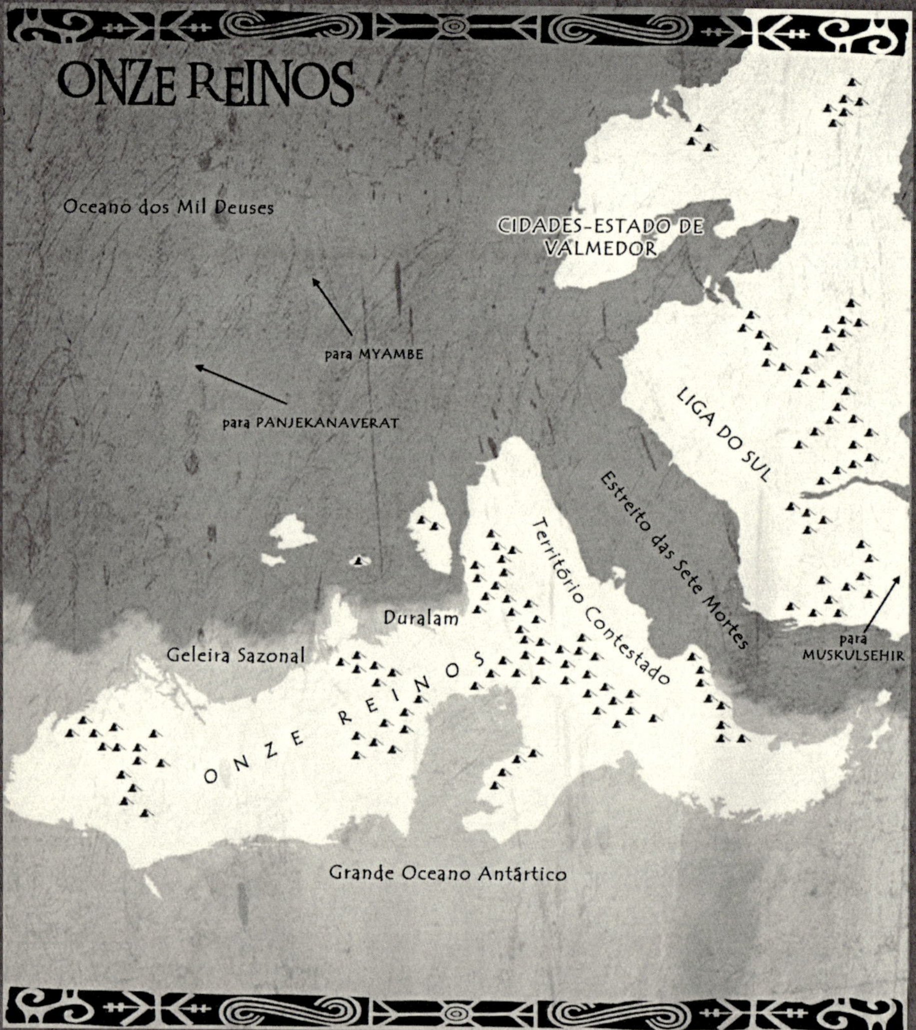
ONZE REINOS
Oceano dos Mil Deuses
CIDADES-ESTADO DE VALMEDOR
para MYAMBE
para PANJEKANAVERAT
LIGA DO SUL
Estreito das Sete Mortes
Território Contestado
Duralam
Geleira Sazonal
O N Z E R E I N O S
para MUSKULSEHIR
Grande Oceano Antártico

O Escolhido

O som dos aplausos começou a morrer do lado de dentro do galpão. Fora, Kasim fez sinal para que Anton fosse mais rápido. Resmungando baixo, Anton pegou as pernas do cadáver e o puxou com força, arrastando-o para trás das pilhas de lixo.

Kasim soltou os braços do morto, fazendo-o cair sobre o cadáver do outro guarda. Tinham ambos o olhar pálido e os olhos esbugalhados de quem é assassinado de surpresa. Um tapa no ombro do mercenário desviou sua atenção do olhar hipnotizante da morte. Anton sinalizou que alguém vinha na direção da porta.

Não era a primeira vez que Kasim matava alguém e certamente não seria a última, mas existia uma diferença entre enfrentar um inimigo em uma guerra e o que tinha acabado de fazer. Era diferente matar alguém que estivesse tentando matá-lo.

Talvez Kasim não fosse feito para o trabalho de um assassino.

Puxou a espada da bainha e colou as costas no muro, o ouvido voltado para a porta a poucos metros dali. Do lado oposto do beco, Anton sorria, uma adaga longa em cada mão. As dúvidas do mercenário não pareciam atormentar o assassino de aluguel, cujo passado permanecia nebuloso. Tivesse Kasim previsto o que viria a seguir, ele teria tomado cuidado para impedir que a amizade entre os dois surgisse durante o cativeiro.

A porta dos fundos do galpão se abriu e o som da multidão lá dentro vazou para as ruas da cidade, ecoando na noite até então silenciosa.

– Vamos – disse alguém de voz grave. – Ainda tenho muito que fazer antes que possamos continuar com nossos planos.

Passos no chão úmido de pedra anunciaram a aproximação de pelo menos quatro pessoas. Kasim tinha despejado um balde de água de chuva ali para ajudá-lo a identificar a distância do alvo enquanto se aproximava.

Kasim olhou Anton nos olhos. Anton mostrou os dentes em um sorriso predatório.

Saltaram para o meio do beco ao mesmo tempo, surpreendendo dois guardas à frente da comitiva. Kasim enfiou a espada por baixo, em um golpe para cima. A ponta da lâmina rasgou as vestes azul-escuras do guarda logo abaixo da cota de malha, atravessando pele e órgãos e saindo pelas costas do pobre coitado, que nem teve tempo de reagir.

Era um moleque, menos de vinte anos, só uma pelagem discreta fazendo o papel de bigode e barba para alguém que queria parecer mais velho. Os olhos arregalados fitaram os do mercenário, a própria morte. Balbuciou qualquer coisa e o corpo se soltou. Kasim segurou-o pelo ombro, empurrando-o para trás, para libertar a espada. Queria ter entendido o que tentara dizer o morto. Um pedido de perdão? Uma maldição? Uma confissão? As coisas nunca eram tão claras quanto nas lendas.

O guarda deslizou para o chão, tentando apoiar-se na parede. Ao seu lado, o outro já estava estirado, as pernas chacoalhando em espasmos. Tinha uma das adagas de Anton cravada fundo debaixo do queixo, a lâmina atravessando o cérebro.

Três homens olhavam paralisados seus guarda-costas caídos.

Os olhos de Kasim buscaram armas entre eles, mas o único que trazia uma espada à cintura não parecia tê-la empunhado nas últimas décadas, tamanho era seu despreparo físico.

– É esse – disse Anton, apontando com a adaga remanescente para o homem ao centro. Pele morena da vida nos trópicos, cabelos brancos da idade, um bigode volumoso fora de moda havia séculos. Vestia uma túnica cinza-clara adornada de ouro e pedras preciosas. Não era diferente dos outros a não ser pelo medalhão sobre seu peito.

Exatamente como Ugarte disse que seria.

Anton pegou o sujeito pela túnica e o jogou no chão entre os dois guardas, que já tinham parado de respirar.

– Vocês vão se arrepender – disse o alvo. Anton riu.

Kasim apenas balançou a cabeça, triste. Já tinha visto gente demais como aquele sujeito para ligar para aquele tipo de ameaça. Desceu a espada no pescoço do homem ajoelhado. Sangue espirrou da ferida sobre Anton, que não pareceu dar a mínima. O sorriso parecia até mais largo.

O corpo caiu de lado, os olhos arregalados, a boca flácida. Kasim não precisava checar para ter certeza que estava morto.

Limpou o sangue na túnica já maculada do alvo.

Ao lado dele os outros dois homens gritaram. Anton caminhava em sua direção com a adaga na mão.

– Não precisamos matá-los – disse Kasim, embainhando a espada.

– Não, não precisamos – respondeu Anton, sem deter a marcha até os dois, que caminhavam de costas, na direção da porta. Estavam assustados demais para pensar em correr.

Kasim havia passado por muita coisa na vida. Foi sequestrado ainda criança para se tornar soldado, viu dezenas de amigos morrerem nas guerras dos outros. Foi enganado, foi ferido, quase morreu mais de uma vez. Teve de tomar decisões difíceis para continuar vivo.

Tinha todos os motivos para desconfiar do valor de uma vida, especialmente uma vida que não representava nada para ele.

Kasim agarrou o braço do companheiro e o deteve.

– Se ficarem vivos, alguém pode um dia nos pagar para matá-los.

Não eram seus sentimentos, mas duvidava que expô-los pararia Anton.

O companheiro considerou aquilo por um instante, então deu de ombros e guardou a adaga. Abaixou-se para pegar a outra, colocando um pé no rosto do guarda morto e puxando com força.

Do interior do galpão vinham gritos. Outras pessoas corriam na direção da porta.

Kasim fez um sinal com a cabeça e deu as costas para a cena do crime. Correram para até onde tinham deixado uma carroça esperando, então partiram para beber àquela noite.

No dia seguinte encontraram Ugarte para receber a recompensa. Ao invés disso, uma notícia.

– Como assim nós matamos o sujeito errado?

*

Quatro dias antes, Kasim e Anton tinham sido abordados no porto enquanto esperavam a saída do navio que os levaria para longe daquela maldita ilha, perto demais da costa sul de Akanisha. Tinham ido para lá atrás de trabalho e encontraram apenas problemas em ambos os lados da lei.

Não que fosse difícil encontrar trabalho. Em um lugar onde mortais matavam deuses e onde qualquer um com ouro suficiente achava-se rei, todos queriam os serviços de mercenários como eles. O problema era compreender a complexa relação entre as infinitas facções que pensavam governar os reinos da Liga do Sul.

Na primeira oportunidade, Kasim e Anton aceitaram um contrato para escoltar uma caravana seguindo para o norte. Talvez pelo menos assim finalmente Kasim chegasse ao seu destino, as cidades-estado de que tanto ouvira falar em sua terra natal, as quais tentava alcançar havia uma década.

A vida nunca foi simples para Kasim.

O sujeito que os interceptou a poucos metros da prancha do navio parecia mais um lutador de brigas ilegais do que um mensageiro, o que disparou todos os tipos possíveis de alerta para Kasim. O que mudou tudo foi o nome que disse e o punhado de moedas de prata que veio com ele.

Eles encontraram Kemen Ugarte em um quartinho nos fundos de uma taverna chamada Lagartos Chorosos. Nem Kasim nem Anton conseguiram identificar répteis na placa velha pendurada diante da porta.

Ugarte não era uma pessoa influente só na Liga do Sul: era um nome reconhecido por todo o Oceano dos Mil Deuses, fosse nas ilhas ou na costa continental. Ugarte era sinônimo de missões arriscadas, mas muito bem pagas. Nenhum dos dois mercenários via qualquer coisa de ruim nessa fama.

– Chamam-no de 'O Escolhido' – dizia Ugarte enquanto contava moedas, formando pilhas perfeitamente alinhadas. Anton tinha os olhos no dinheiro. Era o tipo de coisa que não se via fora dos palácios daquela região. – Tratam-no como um tipo de sacerdote de uma religião qualquer que desenterraram em algum lugar. Sinceramente, ninguém deu a mínima para ele até que começou a atrair gente demais com seus discursos malucos.

– Ou seja, é mais uma facção nessa zona que é esse lugar.

Ugarte parou de contar as moedas e desviou os olhos para Anton. Por um instante, Kasim pensou que ele mandaria a meia dúzia de capangas alinhados nas paredes do quarto matá-los. Ugarte forçou um sorriso quase crível, como quem fingisse gostar de outro porque acha que pode conseguir algum benefício da relação.

– Para vocês, forasteiros e simplórios, o balanço de poder na Liga do Sul pode parecer confuso, mas tudo funciona perfeitamente bem como está. Não precisamos de uma força externa desregulando algo que funciona tão bem, muito menos uma ligada a deuses mortos.

Kasim ficou imaginando como seria viver em uma sociedade onde assassinatos e destruição de propriedade eram considerados 'funcionar tão bem'. Preferia os campos de escravos de Muskulsehir.

– Você tem uma descrição?

Ugarte deu de ombros. Fez um sinal para um dos capangas.

– Homem, cerca de sessenta anos, cabelos bem brancos, bigode farto.

O capanga se aproximou, colocando sobre a mesa um pedaço de tecido. Ugarte o estendeu com as mãos, revelando um desenho.

– Estará usando isso, uma espécie de marca de ofício.

O medalhão desenhado no tecido tinha a forma de uma meia-lua deitada. Uma pedra enorme estava no centro. Havia símbolos em toda a superfície do metal, mas aquilo não dizia nada a Kasim.

– Quanto? – perguntou. Percebeu que estava batendo com os dedos na mesa como se fosse capaz de esmagar ossos com eles. As pessoas desse lado do mundo falavam demais, e nunca queriam dizer o que realmente diziam.

– Cem moedas de prata assim que tivermos a confirmação da morte.

– Cem para cada, claro.

Ugarte riu. Seus capangas fizeram o mesmo, como papagaios treinados. Pararam quase ao mesmo tempo que o patrão.

– Cento e vinte no total – disse.

Kasim pegou a garrafa de vinho de palma sobre a mesa e tirou a tampa. O cheiro que exalava o lembrava de casa. Com um longo suspiro, serviu-se até a boca do copo. Bebeu lentamente. Anton tinha parado de olhar as moedas, finalmente percebendo que tinha uma negociação em andamento. Kasim voltou a falar antes que o companheiro dissesse algo estúpido.

– Você sabe quem é o alvo, onde ele está e como chegar até ele. Você também tem todos esses brutamontes que eu duvido que sejam só enfeites, mas ainda assim está contratando mercenários. Eu diria que você precisa de nós. Cento e cinquenta.

Ugarte riu. Fecharam o negócio. Quatro dias atrás, Kasim pensava que tinha saído no lucro. Agora, assistindo ao discurso do Escolhido para pelo menos duas centenas de pessoas, não tinha mais tanta certeza.

– O filho da puta usou um impostor.

Kasim concordou com Anton. O homem fazendo o discurso era um dos conselheiros, o menos gordo, que não estava armado. Usava a mesma túnica cinza e o medalhão sobre o peito.

– Se você não tivesse me impedido de matar todos eles, nós poderíamos estar num navio indo embora dessa ilha.

O mercenário rolou os olhos, fazendo o máximo para ignorar Anton.

Estavam apoiados em uma passarela de pedra que passava por cima da praça lá embaixo. Três ruas desembocavam na praça, mas o trânsito era impossível devido à quantidade de gente assistindo ao discurso. Praticamente todos erguiam os braços e gritavam de acordo com o Escolhido.

Havia guardas por toda parte. Não eram membros da guarda da cidade, mas sim seguidores do tal Escolhido. Usavam elmos de aço e vestes azuis sobre cotas de malha. Traziam maças presas ao cinto e, alguns, bestas mecânicas. Pareciam alerta, os olhos vasculhando a multidão, o topo dos prédios e as passarelas da Cidade Alta.

– O sujeito não é burro – disse Kasim, com certa admiração. – Lugar público, luz do dia, guardas por toda parte. Percebe que o palanque não tem acesso fácil pela frente ou pelas laterais? O único acesso é pelos guardas nos fundos.

Anton deu de ombros.

– Nada que uma flecha não resolva – disse, fazendo o movimento com as mãos, disparando uma flecha imaginária com um arco invisível.

Kasim percebeu um dos guardas olhá-los desconfiado.

– Não com esse vento – apontou para as bandeiras chacoalhando violentamente sobre um edifício antigo.

Àquela hora do dia o vento do oceano era canalizado pelas ruas que chegavam até a praça. Não, uma flecha jamais chegaria até o alvo.

Stinika era uma cidade relativamente grande, espalhada por boa parte da ilha do mesmo nome, a poucos quilômetros da costa continental de Akanisha. Os nativos diziam de boca cheia que era uma das mais antigas cidades do continente, mas costumavam fingir ter esquecido que Stinika era a quarta ou quinta cidade construída sobre as ruínas da anterior.

Da última vez, fora construída durante o Sacro Império Valmedor, bem antes de Akanisha virar o caos que era hoje. Naquele tempo, quando os deuses ainda andavam pelas ruas, construir era uma forma de angariar o favor de uma ou outra divindade. Considerando o caos de pontes, ruas elevadas e edifícios em níveis, a divindade de Stinika devia ser amante das alturas.

Ao invés de uma cidade nivelada, com ruas únicas e casas alinhadas, Stinika era construída tanto para os lados quanto para cima. Oficialmente existiam uma cidade baixa e uma cidade alta, mas

Kasim não conseguia entender onde uma acabava e a outra começava. Havia passarelas e pontes ligando andares diferentes, ruas que passavam por cima de ruas, fazendo sombras que pareciam nunca acabar.

Kasim tinha dor de cabeça só de pensar em como chegar dali ao porto para ir embora.

– Acho que acabou – disse Anton, apontando com o queixo para a praça lá embaixo.

A multidão tinha acabado de aplaudir e, enquanto boa parte se separava para partir, um grupo grande permanecia, cantando qualquer coisa sobre o Escolhido e seu direito de governar Stinika. No palanque, o líder do culto deu as costas à multidão e desceu as escadas. Kasim acompanhou o movimento dos guardas. Do alto, não foi difícil perceber que formavam um corredor entre o palanque e a orla, onde provavelmente uma carruagem aguardava o Escolhido e seus conselheiros.

– Atacamos agora?

Kasim balançou a cabeça.

– Olha a quantidade de gente armada em volta dele.

– Pés-rapados, aposto. Deram armas e uniforme para moleques idiotas o suficiente para acreditar nesse discurso religioso. Você viu como os guarda-costas do sujeito caíram fácil ontem.

– Um moleque com uma maça pode não ser nada, mas trinta deles aumentam bastante a chance de um deles ter sorte.

– E fazemos o quê? Falamos pro Ugarte que desistimos?

Kasim desviou o olhar para o lado. O soldado que antes observava Anton fazendo mímica do arco se aproximava. Havia mais três com ele.

– Acho que é tarde demais para isso.

Anton acompanhou o olhar do mercenário. Abriu um sorriso de orelha a orelha.

– Pelo jeito nosso amigo passou nossa descrição para os soldadinhos dele.

– O que significa que ficar na ilha não é uma boa ideia.

– Improviso, então?

– Improviso.

Kasim começou a correr imediatamente. Mas não para longe dos guardas.

Foi direto em sua direção.

Atrás dele, Anton soltou uma gargalhada e o seguiu.

Os quatro guardas pararam, boquiabertos. Um deles pensou em sacar a maça que carregava presa ao cinto. Os outros se entreolharam sem saber como reagir. Foi o tempo que os mercenários precisaram para derrubá-los.

Uma adaga voou e enterrou-se no olho do guarda com a maça na mão. Ele caiu sobre o homem ao seu lado, que não parecia capaz de compreender o que tinha acabado de acontecer. Um terceiro estava começando a gritar um alerta quando Kasim o atingiu no estômago com o ombro. Levado pela força do impacto, o guarda foi ao chão, sem fôlego para sequer gemer de dor.

Kasim não parou. Pisou no ombro do homem caído e continuou a corrida. Atrás dele outro guarda gritou. Anton surgiu ao seu lado, outra adaga ensanguentada na mão.

– Eu gostava daquela adaga. Foi presente de uma amante.

– Você arruma outra.

O sorriso do assassino cresceu de novo, e Kasim não sabia se era pela adaga ou pela amante.

A vantagem de uma cidade como Stinika é exatamente o que a torna tão confusa. De onde estavam, o equivalente ao terceiro andar da cidade, tinham acesso direto à orla por uma rua elevada onde carroça alguma passava. As poucas pessoas que tinham parado ali para assistir ao evento lá embaixo saíam do caminho ao ver o que os mercenários tinham feito com os guardas do Escolhido.

– Você sabe para onde está indo?

Kasim esperava que sim.

Desviaram de uma senhora com dois escravos a tiracolo, logo onde a rua passava por cima de outra. Kasim saltou por sobre a mureta direto para o telhado da casa de baixo. Sentiu a dor do impacto subir pela perna esquerda, surpreendendo com um gemido uma jovem que estendia roupa no terraço da casa ao lado. Anton caiu muito melhor, rolando e indo parar de pé de alguma forma quase mágica. Sorriu para Kasim e indicou o caminho com o queixo. Quase imediatamente estava saltando novamente pelos telhados. Mas era a direção errada.

Kasim se levantou, pronto para alertar de que tinha visto guardas naquela direção. Não foi necessário.

O guarda saiu por trás de uma chaminé direto no caminho de Anton. Agindo rápido, o assassino sacou outra adaga e saltou sobre o guarda. Não foi rápido o suficiente para impedi-lo de gritar um alerta.

– Merda...

Kasim alcançou Anton quando uma seta atingiu a chaminé ao seu lado, vinda de baixo. Na rua inferior os guardas do Escolhido apontavam para cima. Alguns, armados com bestas, disparavam contra eles. Outros, apenas com maças, guiavam o líder religioso pelas ruas na direção da avenida que abraçava a orla.

Se o alvo chegasse até a carruagem que o aguardava, seria impossível pegá-lo. Kasim não tinha o menor interesse em ter de dar essa notícia a Ugarte.

Anton pareceu ler bem a expressão no rosto do companheiro. Pegou a besta do guarda morto e disparou contra os guardas lá embaixo. Pegou um punhado de setas e voltou a correr pelo topo dos prédios, atraindo os disparos dos guardas. Correndo mais para dentro, longe do alcance das setas, Kasim seguia na direção da avenida costeira. Saltou por cima de uma alameda, deslizou por um telhado, destruindo boa parte das telhas. Mergulhou em uma pilha de lixo, afugentando um gato assustado e um bêbado.

Caiu em uma alameda a poucos metros da avenida costeira. Espiou um guarda olhar naquela direção, atraído pelo barulho, mas relaxou ao ver o gato sair correndo.

Kasim sacou a espada, fazendo sinal para que o bêbado de olhos arregalados ficasse quieto. Tirou do bolso uma moeda de cobre e jogou-a para o sujeito, que nem sequer se mexeu de onde estava sentado.

Pela boca da alameda, Kasim podia ver a traseira de uma carruagem ornamentada, e dois pares de pernas por baixo do veículo. Eram guardas esperando a chegada do Escolhido, que vinha correndo pela rua transversal acompanhado por uma comitiva armada. Pareciam todos preocupados com Anton, atacando-os por trás.

Uma seta atingiu o Escolhido na parte de trás da coxa, fazendo-o cair por um momento. Resistência ou desespero fizeram o homem se levantar e continuar a correr, apesar da dor óbvia no rosto. Um dos guardas ofereceu ajuda, pegando seu braço. O líder o empurrou para longe. Puxou a seta e a partiu, jogando a haste no chão, com raiva. Kasim não pôde deixar de admirar o alvo. Certamente não parecia o bobalhão que os encarou abismado quando mataram o impostor na noite anterior.

No alto, Anton arremessava a besta contra um guarda que aparecia no telhado do prédio. Depois sacou a espada curta e uma adaga para se defender. Agora estava tudo nas mãos de Kasim.

O mercenário tinha péssimas memórias de sua infância e juventude em Myambe. Aprendeu o que era guerra muito cedo. Precisou enfrentar muitos que queriam vê-lo morto por diversas razões. Mais de uma vez viu-se tendo de reagir por instinto, no desespero. Enquanto boa parte das vezes esse tipo de coisa levou a mais problemas, em todas salvou sua vida.

Aquele parecia um desses momentos.

Kasim saiu da alameda direto para a avenida costeira, por trás da carruagem. Da avenida veio o grito do conselheiro do Escolhido, alertando os guardas. O primeiro a reagir, virando-se na direção de Kasim, mal teve tempo de sacar a maça. Kasim o atingiu no rosto com a ponta da espada, cortando um olho e o nariz em um espirro de sangue que atraiu a atenção do segundo guarda. Este, mais rápido, gritou para o cocheiro enquanto erguia a maça sobre sua cabeça.

Ato contínuo, Kasim deu um pisão no peito do primeiro guarda, empurrando-o contra o segundo. No momento de desequilíbrio dos dois, avançou. Agarrou o pulso erguido do guarda armado, detendo o golpe, e espetou com tudo a coxa visível por trás do homem que caía. O homem com a maça despencou sem o apoio da perna esquerda e o peso do primeiro, que gritava de dor pelo corte no rosto. Kasim não via motivo para matá-los. Chutou no rosto o homem ferido na perna, nocauteando-o.

Do alto da carruagem surgiu o cocheiro, uma besta armada em sua direção. Kasim ouviu o som da corda soltando e pensou que ia morrer. Sentiu o corte no rosto onde a seta raspou.

O cocheiro ficou tão surpreso quanto Kasim por ter errado de tão perto. Puxou o mecanismo que armava a besta, olhando do mercenário para a arma e de volta para o mercenário, rezando alto para que o Escolhido o favorecesse. Kasim quase sentiu pena.

Agarrou o cocheiro pelo calcanhar e o puxou com força. O homem caiu de costas no topo da carruagem, assustando os animais que a puxavam, fazendo-os disparar. O cocheiro rolou e caiu com um baque no chão, poeira erguida pela carruagem em disparada pela avenida.

Kasim tocou o rosto, sentindo o sangue escorrer do corte. Um centímetro para a esquerda e ele estaria morto.

Virou-se na direção da rua por onde vinha o Escolhido.

Havia meia dúzia de guardas com ele, além do conselheiro gordo que portava a espada ornamentada.

Em horas como aquela Kasim gostaria de ainda acreditar em alguma divindade, viva ou morta. Pelo menos poderia se convencer de que tudo daria certo.

O Escolhido parecia ter percebido o que estava acontecendo. Reduziu o passo, dizendo qualquer coisa para seus homens. Quatro dos seis guardas começaram a avançar, maças em riste.

Kasim respirou fundo e deu um passo à frente. Sentiu a bota chutar alguma coisa no chão.

Outra coisa que Kasim aprendera em anos de guerra fora aproveitar as oportunidades.

O cocheiro tinha caído a alguns metros dali, mas a besta estava aos pés do mercenário. Havia algumas setas espalhadas pelo chão.

Kasim abriu um sorriso quase tão largo quanto o de Anton.

Puxou a alavanca do mecanismo, que armou o cabo em segundos. Gostava dos mecanismos que existiam em Akanisha, muito mais práticos que os arcos de corda de Myambe.

Kasim colocou uma seta no trilho.

O primeiro guarda caiu com uma seta no ombro. O segundo, com uma na coxa. O terceiro teve menos sorte. A seta perfurou a garganta. Kasim sentiu a dor nele mesmo. Não era sua intenção. Já tinha visto homens morrendo sufocados no próprio sangue e não desejava aquele fim para ninguém.

O conselheiro do Escolhido fez sinal para que seguissem por outra rua. Viu ali uma carroça que poderiam usar para a fuga.

Kasim procurou pelo chão, mas não havia mais setas por perto. Começou a correr na direção do alvo, jogando a besta longe. Voltou a sacar as outras armas. Passou pelos guardas caídos, parando tempo o suficiente para aparar com a espada o golpe do quarto guarda, que não tinha sido ferido, e cravar nele sua adaga. A cota de malha impediu que a lâmina furasse muito, mas a dor pareceu pegar o jovem de surpresa. Kasim aproveitou para acertar o nariz do oponente com a testa. O guarda cambaleou para trás, tropeçando no companheiro morto, e foi ao chão. Por trás dele veio outro, o que tinha a seta cravada no ombro. Segurava a maça com a outra mão, os dentes travados de dor. Kasim foi obrigado a cumprimentá-lo pela dedicação, então se agachou para evitar o golpe da maça ao mesmo tempo que golpeava as pernas do sujeito. A lâmina pegou o guarda logo acima do calcanhar, cortando os ossos ali e derrubando-o com um urro de dor.

Kasim se virou para o guarda com a seta na coxa, mas ele só o olhava com a expressão de uma criança que apanhou por fazer algo errado. E era quase uma criança mesmo. Todos eles.

Um grito chamou a atenção de Kasim. A um quarteirão dali, Anton havia surgido. Duelava com os dois guardas remanescentes. Puxava de uma perna e tinha todo o rosto e os braços tingidos de sangue, talvez nem todo de seus oponentes.

O conselheiro subia na carroça, tirando dela um cesto de frutas. Gritava para o Escolhido segui-lo. Mas o líder religioso apenas olhava para Kasim. Havia algo naquele olhar. Algo... familiar.

Um calafrio subiu pela espinha do mercenário.

O Escolhido deu as costas para os mercenários e não correu, mas caminhou na direção da carruagem. Sangue manchava a túnica onde a seta o tinha atingido na perna, mas ele não parecia se importar muito.

Kasim não podia deixá-lo fugir, fosse ele quem fosse.

Apesar do cansaço, da queimação que começava a subir pelas pernas e braços, Kasim correu o mais rápido que podia. Viu o olhar de pânico do conselheiro, que parecia prestes a fugir por conta própria, deixando seu líder para trás. Não o fez a tempo.

Kasim arremessou a adaga como pôde. Não tinha um quinto da habilidade de Anton, nem tinha armas preparadas para arremesso. A arma atingiu o conselheiro na têmpora com a lateral. Não tinha força o suficiente para matá-lo ou sequer desacordá-lo, mas sim para assustá-lo. O homem se curvou mais do que devia, perdeu o equilíbrio e caiu do lado oposto da carroça no chão.

O Escolhido se virou para Kasim, os olhos cerrados, os lábios firmes em uma linha. Não tentou se defender.

A espada do mercenário perfurou seu peito logo abaixo do coração.

Ele abriu a boca, puxando o ar. Tossiu uma bolha de sangue. Não pareceu se desesperar. Não tentou revidar. Só encarou Kasim, furioso.

Antes que o corpo pudesse cair, Kasim agarrou o medalhão. O Escolhido finalmente mostrou uma reação. Os dedos foram para a joia, mas os dedos enfraquecidos falharam. Ele caiu de joelhos diante de Kasim, o corpo mantido assim apenas pela corrente grossa do medalhão. Kasim segurou seu ombro e retirou a corrente do pescoço. O Escolhido caiu de lado, respirando fraco, os olhos rolando nas órbitas.

– Não – gritou o conselheiro, rastejando por baixo da carroça. – Você não pode!

Não foi para o corpo, mas sim para Kasim. Os olhos brilhavam, olhando a joia.

Gente gananciosa não muda. Provavelmente tentaria tomar o controle por conta própria, claro, e precisava da joia para provar seu direito de liderar.

Chegou a colocar a mão na bainha da própria espada.

Kasim rolou os olhos. Não lhe restava um pingo sequer de paciência naquele dia. Deu dois passos largos, passando por cima do corpo do alvo, agarrou o gordo pela gola da túnica e acertou sua cabeça com o pomo da espada. O conselheiro desfaleceu ali mesmo, caindo ao lado do morto.

– Vai deixá-lo vivo também?

Kasim se virou para trás. Anton estava sentado nas costas de um dos guardas, as duas adagas enfiadas ali como espetinhos em carne. Dele pingava sangue de uma dúzia de vítimas.

O mercenário mostrou o medalhão, segurando-o pela corrente grossa. Não era ouro, como ele pensara. Parecia ser bronze ou alguma outra liga do tipo. A pedra no centro, no entanto, parecia valiosa.

– Isso vai pagar pelo trabalho extra.

Anton abriu um sorriso largo. Limpou o rosto com o braço e se levantou. Puxou as adagas do corpo do morto.

– Aposto que Ugarte nos dá um bom dinheiro por essa coisa.

Foram embora antes que mais pessoas chegassem. Precisariam ficar escondidos até a manhã seguinte, para deixar a poeira baixar.

No dia seguinte seria só recolher o pagamento e pegar o navio para longe dali.

Ou não.

– Impossível – disse Kasim, dando um soco na mesa. – Ele não pode estar vivo.

Do lado oposto da mesa, contando moedas de ouro, Ugarte não parecia nada contente.

*

Ugarte estava sentado exatamente na mesma posição do dia anterior. Parou de contar moedas com uma mão erguida quando as pilhas desmoronaram com o soco de Kasim. Suspirou, então juntou tudo de novo em um monte diante dele. Havia ali moedas suficientes para alimentar toda a cidade por um ano.

– Eu esperava mais de pessoas com a sua fama – ele disse, voltando a contar e empilhar moedas. – Vejo que suas habilidades foram bastante exageradas por aqueles que os indicaram a mim.

Kasim estava de pé, as mãos apoiadas na mesa. Não sabia como reagir à notícia de que o Escolhido tinha sido visto no balcão de uma mansão no bairro mais rico da cidade. Como se para confirmar o fato, uma dúzia de pessoas clamava pelo seu nome, dando graças por o terem visto.

– Sabe o que eu acho? – perguntou Anton, gravando suas iniciais no tampo da mesa com a adaga. – Eu acho que você está nos usando para matar um monte de gente pelo preço de um.

Ugarte afastou as moedas com as costas da mão e se inclinou para frente, apoiando os cotovelos na mesa e entrelaçando os dedos.

– Você tem ideia do quanto eu estou tendo de ouvir dos meus aliados por causa do que vocês fizeram na rua ontem?

Kasim não conteve uma risada sem humor.

– Como se isso não fosse comum por aqui.

– Discretamente, de noite! – Era a primeira vez que Ugarte se exaltava. – Não no meio do dia, cheio de gente na rua! E vocês realmente precisavam ter matado tanta gente?

Anton cobriu o rosto, mas era claro que estava rindo.

– Ugarte, você não é idiota. Você sabia muito bem o que estava comprando quando nos contratou. O problema é que *nós* não sabemos pelo que estamos sendo pagos.

Kasim balançou a cabeça. Puxou a cadeira e se sentou. Colocou um cotovelo sobre a mesa, passou a mão pelo ferimento tratado no rosto. Não estava com paciência para isso.

– Quem é o alvo, afinal?

Ugarte virou as mãos, como se a resposta fosse óbvia.

– O alvo é o Escolhido.

Kasim deu um tapa na mesa.

– E quem é a porra do Escolhido?

Ugarte deu de ombros.

– O sujeito do medalhão.

Kasim enfiou a mão na bolsa do cinto e bateu o medalhão na mesa. Por um instante os capangas e o próprio Ugarte acharam que ele sacaria uma arma. Talvez devesse.

– Está aqui a porra do medalhão, porque eu matei o caralho do Escolhido. Duas vezes! – ele gritou, mostrando dois dedos para deixar bem claro.

Ugarte não tirava os olhos do medalhão. Fez um sinal para um dos capangas, que trouxe o tecido com o desenho do medalhão. Ugarte colocou um ao lado do outro, examinando-o. Franziu o cenho, pegou o medalhão, virando-o de um lado para o outro.

– Esperava algo mais valioso de alguém como esse Escolhido.

– É, eu também – reclamou Kasim, cruzando os braços. – Pelo menos essa pedra deve valer alguma coisa. E espero que você pague por isso, porque foi uma merda consegui-la.

Ugarte fez um barulho de desdém com os lábios e reclinou-se para trás na cadeira. Jogou o amuleto na mesa, perto dos dois.

– Essa porcaria não vale nada.

Os mercenários se entreolharam. Anton até parou de brincar com a adaga e a colocou sobre a mesa.

– Como assim não vale nada? Olha o tamanho dessa pedra.

– É oca. Provavelmente é algum tipo de vidro.

– Oca?

Kasim pegou o medalhão, virando-o para olhar por cima. Havia um buraco ali, na armação de bronze, que descia direto para o interior da pedra semitransparente. Pegou a adaga de Anton sem nem tirar os olhos do amuleto e golpeou a pedra com o pomo. Ela se estilhaçou.

Os pedaços deixavam bem claro. Era vidro colorido, como um pequeno frasco de perfume, mas estava vazio.

– Que merda é essa?

Ugarte deu de ombros e cruzou os braços sobre o peito, como se imitando a pose anterior do mercenário. O olhar de deboche só fazia o sangue de Kasim ferver.

– Deve ser um relicário de algum tipo – disse, fazendo um movimento com o queixo. – Esse pessoal religioso gosta dessas coisas.

Kasim se levantou tão rápido que a cadeira caiu para trás. Pegou o amuleto e o arremessou contra a porta, soltando uma lasca da madeira e amassando o metal barato.

– Estou vendo que você está alterado – disse Ugarte com aquele tom superior. – Então vou te dar uma ajuda.

– É dinheiro? – perguntou Anton. Kasim nem sequer se moveu de onde estava, em pé com os punhos cerrados, olhando fixo para onde o medalhão atingira a porta. Achava que se fizesse qualquer coisa agora acabaria matando Ugarte.

– Chegou ao meu conhecimento que um antigo colega do Escolhido está em débito com meus associados.

Um dos capangas foi na direção da porta e saiu, deixando a porta aberta. O som da taverna invadiu o quarto dos fundos. Apesar do ângulo privilegiado, que dava visão total do quarto para qualquer um na taverna, ninguém teve coragem de olhar naquela direção. Todos fingiam obedientemente que aquela porta não existia.

O capanga voltou arrastando um homem magro com a pele morena e os cabelos de ouro queimado dos nativos de Isaamar. O homem tinha escoriações pelo corpo todo, os lábios inchados e um olho roxo. Abraçava o corpo como se para aplacar uma dor nas costelas. O olhar era de pânico, de quem esperava morrer. De alguma forma aquilo fez um pouco da raiva de Kasim passar. Engoliu em seco, relaxou os dedos.

Atrás dele, Ugarte se levantou da cadeira e foi até o homem. Deu um tapa no ombro do sujeito, fazendo-o estremecer.

– Nosso amigo aqui vai contar tudo que sabe sobre seu alvo em troca de permanecer vivo, não é mesmo?

O sujeito confirmou com a cabeça, mas não parecia capaz de dizer nada.

Ugarte recolheu as moedas sobre a mesa e saiu pela porta, seguido pelos seus capangas. O último deles bateu a porta, deixando Kasim, Anton e o pobre coitado sozinhos.

Kasim apontou na direção de uma das cadeiras e foi se sentar. Curvou-se para a frente, os braços apoiados nas pernas. Apesar de ter dormido horas, ainda se sentia cansado. Quando voltou a olhar para cima, percebeu que o sujeito não tinha se mexido um palmo de onde estava.

– Eu mandei sentar na cadeira!

Com o grito, o sujeito obedeceu. Acelerou até a cadeira onde antes estava Ugarte. Sentou-se cauteloso, como se estivesse certo de que aquilo era uma armadilha.

– O que você sabe sobre o Escolhido?

– Tardos.

– O quê?

– Ivar Tardos. Esse é o nome dele. Não ‘o Escolhido’.

– Não é assim que ele anda se chamando por aí.

O sujeito baixou a cabeça e a balançou.

– Ele não é mais a mesma pessoa com quem eu vim para Stinika.

Ele falava com um sotaque que Kasim reconhecia. Não era de Isaamar.

– Você veio das cidades-estado – Kasim afirmou. Subitamente o olhar mudou. Por baixo dos hematomas e cortes, aquele não era um viciado ou ladrão de rua. Era um homem que não crescera naquele mundo, mas sim entre livros, pergaminhos e discussões filosóficas.

O sujeito concordou com a cabeça, o olhar vago.

– Viemos estudar a história da ilha, em expedição pela Grande Academia.

– Então o que deu errado?

Ele colocou os braços sobre a mesa e deitou a cabeça, como se só pudesse pensar em dormir. Fechou os olhos, sem dizer nada.

Kasim olhou para Anton, que pegou a adaga e se levantou. Kasim percebeu que não queria ver o que Anton era capaz de fazer. Deu um tapa na mesa para chamar a atenção do sujeito antes que Anton chegasse até ele.

– Eu perguntei: o que deu errado?

O sujeito levantou a cabeça, olhos arregalados. Olhou Anton, depois Kasim. Endireitou-se na cadeira.

– Era para recolhermos algumas peças de doação, pergaminhos em sua maioria, então retornaríamos à Academia para decifrá-los. Mas Mestre Tardos recusou-se a partir. Disse que tinha descoberto a verdade nos manuscritos, que era o Escolhido. Então tudo virou de ponta-cabeça. Fiquei sozinho aqui, sem dinheiro para voltar para casa. Agora...

Ele começou a chorar.

Anton suspirou. Fez uma cara de quem pedisse a Kasim para deixá-lo acabar com o sofrimento do coitado. Kasim nem se deu ao trabalho de olhar o companheiro.

Levantou-se e foi até onde o medalhão tinha caído. Voltou com ele, colocando-o na mesa diante do outro.

– Isso aqui. É uma das peças?

O rapaz parou de chorar tempo suficiente para olhar a peça. Parou, limpou os olhos com as costas da mão e pegou o medalhão.

– Não. Os desenhos parecem, sim, com símbolos do período pré-Imperial, mas isso é recente. Não tem nenhuma marca de desgaste.

Anton arrancou o medalhão da mão do rapaz e o jogou por cima do ombro.

– Quem é esse Mestre Tardos? Queremos uma descrição.

O rapaz fungou, limpou os olhos com as costas da mão.

– Vocês prometem que me ajudarão a ir embora desse lugar?

Anton colocou a mão no cabo da adaga. Kasim ergueu uma mão para detê-lo.

– Assim que completarmos esse contrato partiremos em uma caravana destinada à Grande Academia. Nos ajude e você terá uma vaga.

Os olhos do rapaz brilharam e ele quase voltou a chorar. Kasim ergueu a mão para detê-lo.

– Uma descrição. Queremos uma descrição desse Mestre Tardos.

O rapaz concordou com a cabeça, então o descreveu.

A descrição batia perfeitamente com o primeiro homem que Kasim matara, do lado de fora do galpão.

*

Kasim arrombou a porta com um chute. O guarda do lado de dentro morreu em seguida com uma seta no peito.

Tinham conseguido com Ugarte o endereço de onde o Escolhido tinha sido visto. O edifício tinha a aparência de um pequeno forte, se não pelo jardim amplo nos fundos e o muro baixo. Uma varanda enorme no topo dava para o jardim. Foi por lá que Kasim e Anton entraram, pulando de uma rua elevada no nível superior, usando cordas. Usavam a escuridão da noite para evitar a patrulha de guardas do Escolhido, que andava pelas ruas exatamente para evitar aquele tipo de coisa. Como patrulheiros eram tão incompetentes quanto como guarda-costas.

Anton correu para a escada, de onde subia um servo trazendo uma bandeja cheia de tigelas de prata. Tapou a boca do rapaz com uma mão e cortou sua garganta com a outra. Kasim precisou saltar para a frente para pegar a bandeja antes que ela caísse no chão, alertando a mansão inteira. Colocou-a sobre um aparador e seguiu na direção da primeira porta. Ouviu através da porta, nada. Abriu-a. Um cômodo vazio. Sinalizou para Anton arrastar os corpos para o interior. Mal tinha terminado o serviço quando outra porta se abriu. Um homem usando a túnica dos seguidores do Escolhido, mas não a cota de malha dos guardas, saiu lendo um livro enquanto examinava um pedaço de cerâmica quebrado. Estacou olhando os dois mercenários e a trilha de sangue no chão. Virou-se para correr. Tombou com uma adaga no meio das costas.

A revelação do rapaz, ex-assistente do homem que se tornaria o primeiro Escolhido, dizia uma de duas coisas: ou Anton estava certo e Ugarte os estava usando para matar vários alvos pelo preço de um, ou o culto era na verdade liderado por um conselho e não um único indivíduo. O Escolhido era só um título que dava um rosto para os seguidores venerarem.

Em ambos os casos, a única solução para aquilo era matar todos no comando.

Sem nenhuma intenção de perder mais tempo naquela ilha, Kasim planejou a invasão assim que descobriu que os servos da mansão haviam comprado uma grande quantidade de comida. Era indício de que haveria algum tipo de banquete ou reunião. Para Kasim, era claro que o conselho que governava o tal culto estaria todo presente.

Checaram mais três portas antes de encontrar aquela de onde vinham vozes.

Kasim esperou para ter certeza que Anton já tinha recuperado a adaga e estava pronto. O assassino fez um sinal com a cabeça. O mercenário voltou a armar a besta, então abriram a porta e entraram.

Era um salão grande, destinado a banquetes muito maiores e elaborados. Havia uma única mesa ocupada por oito homens jovens. Estavam todos vestidos de túnicas azuis como os guardas, mas a maioria mostrava colares, anéis e braceletes que os destacavam. Filhos de nobres de Stinika, certamente, motivo suficiente para que Ugarte e seus aliados quisessem ver o culto destruído.

Do lado oposto da mesa, de pé diante de uma segunda mesa menor, onde estavam dispostos vasos de cerâmica e pergaminhos antigos, estava o conselheiro sobrevivente, o homem gordo que carregava a espada que jamais usara.

– Hmm – fez o conselheiro. – Você de novo.

Tomou um gole de sua taça de vinho, como se a interrupção fosse a coisa mais normal do mundo. Kasim percebeu que ele usava a túnica cinza que os dois Escolhidos usaram antes dele. A espada tinha sumido, assim como o pânico dos dias anteriores.

Os homens à mesa não estavam tão confiantes. Entreolhavam-se nervosos.

– Enquanto vocês continuarem com essa palhaçada, eu terei de voltar aqui, então resolvi acabar com tudo de uma vez por todas.

O conselheiro riu.

– Palhaçada? Estamos falando sobre o ressurgimento do reino

que existia aqui antes desse império decadente vir e apagar toda nossa história.

– Pensei que só Ivar Tardos acreditava nessa besteira.

– Tardos teve um papel crucial recuperando o que havia sido perdido tantos milênios atrás. Cumpria seu papel até que você o matou.

– O papel de enganar todo mundo.

Ele voltou a rir.

– Tardos se sacrificou pelo meu reinado. Uma pena que você tenha negado a ele a honra de cumprir meu destino.

Kasim e Anton riram. O sujeito era um louco fanático.

– Então você está por trás de tudo isso, dessa história ridícula de Escolhido.

– Você tem sua parcela de culpa.

– Eu? – perguntou Kasim, torcendo os lábios. Não tinha baixado a besta.

– Você – ele repetiu. – A única solução, portanto, é eliminá-lo.

– Quero ver isso acontecer.

Como se respondendo a um comando silencioso, um dos homens se levantou, tendo na mão uma espada antes oculta sob a mesa. Kasim não pensou duas vezes e disparou. A seta atingiu o sujeito no peito. Ele caiu para a frente, parecendo com isso provocar uma reação em todos os outros na mesa.

Anton acertou um com uma adaga na nuca enquanto Kasim estraçalhava a besta na cabeça de outro. Kasim chutou as costas de uma cadeira, fazendo o homem antes sentado nela tropeçar e cair no chão. Quando se levantou, Kasim já tinha a espada na mão. Foi preciso apenas um golpe para matá-lo.

Um por um, os convidados foram mortos antes que pudessem fazer mais do que evitar uns poucos golpes.

Durante todo o tempo o conselheiro gordo permaneceu de pé, provando seu vinho.

Ele balançou a cabeça, ligeiramente irritado. Colocou a taça sobre a mesa.

– Isso tem que acabar.

Kasim quase riu.

– Ah, tem. Tem sim.

O mercenário atravessou o salão e fincou a espada fundo no peito do último membro vivo do conselho. O homem olhou para baixo, para a lâmina. Ele inclinou a cabeça para o lado, como se curioso com o sangue tingindo sua túnica. Suspirou como se aquilo fosse um incômodo temporário.

– Não era para ser assim – ele disse, talvez calmo demais. – Não era essa a profecia.

Kasim fez um som de desdém com a boca. Colocou uma mão no ombro do conselheiro, como se para lhe contar uma verdade terrível, então puxou a espada. O conselheiro cambaleou para trás, batendo com as costas na parede. Os joelhos falharam e ele deslizou para o chão, deixando uma trilha de sangue na parede de pedra.

Kasim deu as costas ao homem moribundo e limpou a lâmina na toalha de mesa. Estava arruinada, de qualquer forma, manchada pelo sangue dos outros conselheiros. Manchas de vinho e comida derrubada seriam o menor dos problemas das lavadeiras.

– Isso talvez seja um choque para você – Kasim disse, enquanto procurava por moedas nos bolsos de um dos convidados à mesa. – Mas profecias e escolhidos são baboseiras. Essas coisas não existem.

Do outro lado da mesa, Anton riu. Estava comendo um abricó enquanto se servia de vinho de uma garrafa de cristal em forma de flor, que, sozinha, devia valer mais que as vidas de Anton e Kasim juntas.

O homem moribundo murmurou qualquer coisa.

– O que você disse?

– Você não faz ideia de em que se meteu.

Kasim riu sem humor. Guardou o que conseguiu tirar do convidado morto, então tentou tirar um anel de ouro do seu dedo. Estava preso. Talvez precisasse usar a adaga.

– Minha vida tem sido assim há anos. Já você, certamente, sabe no que se meteu, arrumando briga com todas as facções dessa cidade.

O moribundo voltou a falar, mas era mais um suspiro do que palavras.

– Você vai ter que falar mais alto.

– Você selou seu próprio destino quando arrancou meu receptáculo.

Kasim e Anton trocaram olhares. Anton torceu o lábio e balançou a cabeça. Bebeu o vinho, depois serviu mais. Para Kasim, alguma coisa naquelas palavras tinha significado maior.

– Seu receptáculo – repetiu Kasim. – O amuleto de Ivar Tardos.

O homem moribundo forçou-se a rir. O tremor do corpo foi maior que o som. Já não parecia ter forças para sequer olhar para cima ou mover os braços.

Kasim guardou o anel roubado na bolsa do cinto, então se agachou diante do homem, apoiando os braços nos joelhos.

– Qual é a graça de morrer?

– A graça não é minha morte – disse o homem, tossindo sangue. – É saber que você será o próximo hospedeiro.

O homem riu, fraco, então parou subitamente. O peito deixou de se mover. Sem movimento do corpo, o fluxo de sangue do corte se reduziu na túnica empapada. Do ferimento saiu apenas uma névoa esbranquiçada, como a fumaça de uma fogueira se apagando.

Kasim se levantou imediatamente.

Lembrou-se de como o comportamento de cada Escolhido mudou ao tomar posse, tornando-se mais confiante do que antes. Lembrou-se do medalhão e do vidro. Um vidro vazio, como um vidro de perfume ou relicário. Um receptáculo.

Um refúgio entre hospedeiros.

– Ugarte, seu filho da puta.

*

Ugarte não escondeu a surpresa em rever os dois mercenários no dia seguinte. Ele forçou um sorriso, batendo palmas lentamente. Seus capangas imitavam o chefe.

Kasim puxou uma cadeira e deixou-se cair nela. Passou o dedo no ferimento do rosto. A casca formando ali o incomodava.

– Teria sido muito mais fácil se você tivesse nos mandado matar todos de uma vez.

Ugarte inclinou-se para trás na mesa e riu.

– Eu pretendia evitar um massacre, mas pelo jeito sua solução acabou resolvendo o problema. Meus informantes confirmam que o culto está destroçado, sem uma cabeça para liderá-los. Ou várias, no caso.

– O que significa que você vai pagar extra pelo trabalho que tivemos.

– Ora, Kasim, nós concordamos com um pagamento – disse Ugarte, ainda sorrindo. – Eu até libertei aquele bostinha que me devia uma fortuna, como você pediu!

Anton virou-se para Kasim, incrédulo.

– Sério que você fez isso?

Kasim deu de ombros.

Ugarte gargalhou. Ergueu as mãos para aplacar a briga.

– Não gostaria de ser o pivô de uma briga entre vocês. – Acenou para um de seus homens. – Tragam vinho para os cavalheiros. Vinho de palma, certo?

– O dinheiro – disse Anton. Ele não tinha sequer sentado.

– Claro, claro! – Ugarte olhou as pilhas de moedas diante dele, então empurrou algumas na direção dos mercenários. Kasim usou o antebraço para empurrá-las para dentro da bolsa. Dividiriam o lucro depois.

– Viu? Eu pago meus débitos.

O capanga que saíra voltou com uma garrafa de vinho de palma e copos. Colocou-os na mesa e tirou a tampa da garrafa, para servi-los. Kasim ergueu uma mão para detê-lo. Podia até sentir o gosto na ponta da língua, mas não era o momento.

Ugarte franziu a testa como se Kasim tivesse ferido seus sentimentos.

– Medo de que eu os envenene?

Kasim forçou um sorriso.

– Esse culto ao Escolhido devia ter seguidores ricos, considerando o que encontramos por lá.

– Sim, sim, claro. É um dos motivos pelo qual era uma pedra no meu sapato. Filhos de gente influente estavam envolvidos. Você sabe como são os jovens.

Kasim fez que sim, sem conseguir esquecer os rostos dos guardas que matara. Sinalizou para Anton. O companheiro pegou o embrulho que trazia debaixo do braço e colocou-o na mesa.

Ugarte olhou desconfiado, sem remover o embrulho que parecia ser parte de uma toalha de mesa.

– O que é isso? Espólio?

Kasim sorriu e abriu o embrulho.

– Do melhor tipo.

Ugarte abriu um sorriso largo.

– Ora, mas veja só. Uma obra de arte como essa certamente deve valer muito.

– E o conteúdo, então, você não tem ideia.

Ugarte concordou, tentando olhar o interior. Sem conseguir, deu de ombros. Pegou a garrafa de cristal de forma orgânica e removeu a tampa.

*

A porta dos fundos da taverna estourou das dobradiças, caindo na rua e assustando um vira-lata. Kasim e Anton saltaram por ela, meio rindo, meio amedrontados. Traziam abraçadas ao corpo todas as moedas que conseguiram pegar na mesa enquanto Ugarte e seus capangas gritavam em pânico no quarto dos fundos.

Não era um conselho. Era um deus antigo e seus hospedeiros. Quando Kasim roubou e destruiu o amuleto, restava à entidade entrar no corpo da vítima mais próxima.

Talvez ela precisasse de algum tipo de receptáculo para persistir. Talvez fosse assim que Mestre Tardos a descobrira, presa em algum vaso antigo, selada numa tumba milênios atrás.

Antes que a entidade que acreditava ser o deus perdido de Stinika pudesse possuí-lo, Kasim pegou a primeira coisa que viu pela frente. Na falta do medalhão com o frasco de vidro, arrancou da mão de Anton a valiosa garrafa de cristal. Assim que a entidade entrou na garrafa, Kasim a tampou.

A expressão no rosto de Ugarte quando percebeu o que escapava da garrafa dizia que ele sabia desde o início com o que Kasim e Anton estavam se metendo. O desgraçado tinha armado para eles e mereceu o destino que teve.

Ugarte havia despertado a ira de um deus morto que precisava de um hospedeiro para reconstruir seu reino. Nada mais justo que o homem que mandara matar os três hospedeiros anteriores fazer o papel de Escolhido.

E dane-se se o Escolhido tomasse o controle de Stinika. Pela manhã os mercenários estariam bem longe da ilha, sem a menor intenção de voltar.

Já Ugarte, esse despertaria com a pior ressaca da sua vida.

Principados de Isaamar
Entreposto da Companhia Mercantil de Valmedor
Territórios Bárbaros
Y A W A S S A
Cidades-Estado de Valmedor
Ibukun
Liga do Sul
TERRITÓRIO DA COMPANHIA

Taniwha

Na primeira vez em que Agatha ouviu sobre a Muralha de Negel, teve certeza de que só podia ser um trote inventado pelos veteranos da Grande Academia. Uma cidade dentro de uma cidade, construída por fanáticos religiosos esperando o Apocalipse, repudiada por fanáticos religiosos que acreditavam ser capazes de impedir o mesmo Apocalipse enquanto queimassem vômito de baleia.

Para qualquer um nascido em Niparsha, coração do mundo civilizado, onde homens e mulheres eram ensinados a buscar seu melhor dentro de si, a virar o rosto para os perigos da magia e da religião, tanto a Muralha de Negel quanto o resto da ilha de Ibukun soavam como uma piada.

Infelizmente não eram.

Ibukun existia, uma em centenas ou mais de ilhas no excessivamente povoado e terrivelmente primitivo Oceano dos Mil Deuses, onde sociedades inteiras eram construídas em torno da crença em deuses imaginários, espíritos celestiais e entidades alienígenas.

– Você é o enviado da Companhia?

Agatha não gostava do tom de voz do prefeito, nem da expressão em seu rosto. Seus olhos iam de cima a baixo, deslizando pelo seu corpo. Não que ele fosse ver qualquer coisa sob as vestes rústicas da ordem acadêmica. Como se ele já não fosse nojento o suficiente rolando aquela enorme bola de âmbar cinza nas mãos.

– Meu nome é Agatha – ela disse, apontando para a carta que havia entregado. – Eu posso ler o comunicado caso você não seja capaz.

Ele fez um som que talvez fosse uma risada debochada, chacoalhou a carta diante do rosto, como se para embaralhar as letras e trocá-las por uma mensagem mais agradável. Agatha tinha lá suas dúvidas se ele realmente sabia ler.

– E como eu posso ajudá-la?

– Eu quero falar com os negeleses.

Ele fez aquele som de novo. Levou a bola cinzenta de vômito

petrificado até o nariz e fungou o odor almiscarado. Parecia acalmá-lo de alguma forma.

– Por quê?

Agatha o forçou a abaixar a carta e bateu nela com o dedo. Ele caiu exatamente onde sua mãe havia assinado o pedido de obediência total ao enviado.

Os olhos do prefeito permaneceram na carta por um longo momento de silêncio. Suas mãos acariciavam a bola de âmbar cinza de novo. Talvez agora ele realmente estivesse tentando ler.

– Posso ir, ou será que eu preciso pedir licença para essa coisa primeiro?

Ele olhou para o âmbar cinza, fazendo bico.

Alguns minutos depois, Agatha foi escoltada para a masmorra. Apesar de o prefeito certamente preferir que ela estivesse indo como prisioneira, era apenas uma visitante. Nem mesmo ele seria idiota ao ponto de prender um enviado da Companhia.

Sob a prefeitura de Ibukun estava o que se passava por prisão. Escura, úmida, suja, assim como boa parte da cidade acima. Aqui e ali, braseiros em forma de peixe exalavam o cheiro doce de âmbar cinza queimando, mantendo tanto o Apocalipse quanto perigos menores longe da masmorra. Guardas, poucos e dispersos, observavam-nos sem o menor interesse. Nem a presença do prefeito carregando seu vômito de baleia sagrado parecia causar sequer um distúrbio.

Desceram um longo corredor flanqueado por barras de ferro importadas pela própria Companhia. Aqui e ali, prisioneiros observavam de cantos escuros. Alguns murmuravam sozinhos, ignorantes do mundo à sua volta, loucos além da recuperação. Seriam todos negaleses?

– Pegamos esse hoje mais cedo – explicou o prefeito enquanto destrancava uma das celas, igual a todas as outras. – Cuidado. Ele é perigoso.

O sorriso enorme no rosto do prefeito não sobreviveu ao olhar de reprovação de Agatha.

– Eu espero aqui fora – ele grunhiu.

No interior da cela, um rato correu para longe de um prato de madeira largado no chão, levando com ele um pedaço de pão velho. O dono original da comida permanecia quieto no fundo da cela, pernas abraçadas rente ao corpo, olhos no chão. Ele cantarolava qualquer coisa incompreensível.

Agatha pegou o banquinho deixado do lado de fora da cela e se aproximou. Os olhos do prisioneiro se desviaram para ela, mas a música não cessou. Era um garoto de no máximo doze anos. Usava um par de calças puídas e o que uma vez devia ter sido uma jaqueta. Se alguma vez tiveram cor, perderam-na com o tempo e uso excessivo. Pareciam pouco mais do que sujeira acumulada, assim como seu cabelo oleoso e rosto encardido.

Agatha colocou o banquinho diante dele e se sentou. Sentiu-o afundar na fina camada de lama cobrindo o chão da cela. Ela fingiu não se importar com a barra das suas vestes.

– Por que você está aqui?

Ele parou de cantarolar. Olhos brancos demais permaneceram nela. Ele sorriu um sorriso infantil, como se aquela fosse uma pergunta idiota.

– Sou fiel a Taniwha, colocado neste mundo para preparar seu retorno.

Agatha suspirou, balançou a cabeça.

– Por que você está aqui? – ela repetiu, apontando para a cela em que estavam. – Por que você foi preso?

Ele deu de ombros como um adolescente pego quebrando uma vidraça.

– Porque eu estou tentando destruir a ilha.

*

A mãe de Agatha tinha alguma culpa por ela ser designada para esse trabalho. Era membro do conselho da Companhia Mercantil de Valmedor. Os outros conselheiros não gostavam dela, mas nada podiam fazer. Sua mãe detinha uma grande quantidade de ações no empreendimento. Tinha também informações confidenciais e bastante repreensíveis sobre seus rivais, o que os mantinha sob rédeas curtas. Apesar de não aprovar os métodos da mãe, Agatha não podia negar: vez ou outra, a infâmia do seu nome de família tinha lá suas vantagens. Para ela, os povos do Oceano dos Mil Deuses eram muito mais do que mera curiosidade. Eles eram sua especialização acadêmica. Desde a primeira vez em que ela fora arrastada para trabalhar em uma das ilhas selvagens sob a tutela de seu antigo mestre, percebera que havia ali milhares de páginas de tese acadêmicas esperando para ser escritas. Dezenas de culturas diferentes desenvolvidas em torno do conceito intrincado da relação com entidades inventadas.

Niparsha e as demais cidades-estado de Valmedor eram ateias não só em leis, mas em conceito. Eram governada por Humanistas que viam nos ilhéus pouco mais do que selvagens esperando para ser conquistados ou mortos, dependendo de quão úteis fossem. A Companhia Mercantil preferia enviar um exército de mercenários até Ibukun para limpar a ilha de seus estranhos adoradores de vômito a perder tempo entendendo-os.

O lado ruim de ter sua mãe como chefe é que ela tinha inclinação a forçar regras com que ninguém se importava, como a de que todo enviado tinha de ser acompanhado por um guarda-costas.

– Você não faz ideia do que vai encontrar nessa ilha de crentes – ela disse quando Agatha reclamou da ordem. A discussão não a levou a lugar algum. – Ou você aceita o que eu digo ou essa missão não acontecerá.

Agatha nem sequer olhou para Kasim, que a seguia à distância de alguns passos. Seu olhar estava na Muralha de Negel, lendo a história oculta em suas pedras. Daquele lado a cidadela era feita de blocos de pedra esverdeada com dois metros de lado cada. Não havia argamassa visível entre as pedras. Musgo e plantas cresciam onde o clima e o tempo deixavam suas marcas. Inscrições antigas gravadas na maioria das pedras eram agora pouco reconhecíveis. Marcas de cinzéis e ferramentas muito menos apropriadas estavam por toda parte, atestando a opinião dos outros habitantes da ilha.

– Sabia que eles levaram cinquenta anos para levantar essa muralha?

Kasim tinha os olhos nos vivos, não nas pedras. Desviou o olhar por um momento apenas, examinou a muralha como um soldado buscando fraquezas em uma defesa. Não tirou a mão do cabo da espada um momento sequer.

– Trabalho porco – foi tudo o que disse.

– Levou esse tempo porque a cidade não acreditava na profecia de que o deus-monstro Taniwha engoliria a ilha. Eles roubavam as ferramentas e pedras para construir suas próprias casas.

A atenção do guarda-costas voltou às pedras gigantescas, a testa franzida em incredulidade. Agatha sorriu.

– Foi por isso que começaram a usar pedras grandes – ela explicou. – Do outro lado a muralha é formada por pedras bem menores. Pelo menos onde elas não foram roubadas.

E, eventualmente, os negeleses se trancaram dentro de sua cidadela, preparados para um cataclisma que destruiria o mundo.

Trezentos anos depois, eles ainda aguardavam o fim do mundo.

– Mas ele virá – disse o prisioneiro com quem Agatha conversara mais cedo, os olhos brilhando como se e tivesse visto um brinquedo que queria muito. Ele não parecia se importar com a prisão. – E apenas aqueles que permanecerem fiéis aos Seus ensinamentos sobreviverão à reconstrução do mundo.

Mendigos e loucos caminhavam pelas ruas lamacentas da cidadela negelesa, cantando por bocas desdentadas, raspando musgo das paredes, andando sem rumo. Viviam em barracos feitos de madeira de naufrágios e lixo. Alguns trabalhavam fazendo cestas de vime ou consertando telhados esburacados. Pareciam ignorar a chuva fina que colava seus cabelos e trapos ao corpo. Verdadeiros crentes, todos eles.

– Estou ensopada – declarou Agatha, sem desviar os olhos dos negeleses. – Eu odeio estar ensopada.

– Qualquer um com o mínimo de bom-senso odeia.

Kasim desviou o olhar de julgamento dos nativos e apontou com o queixo em direção ao fim da rua, onde um farol se erguia sobre a muralha. Era o único edifício de grande porte na cidadela. Só agora ela percebia a diferença na arquitetura, sinal de que o farol era muito anterior à muralha.

Agatha puxou o capuz mais perto do rosto. Água escorria para seu rosto.

– Peixes gostam de estar molhados. – Ela o seguiu, acelerando o passo. – Eu pareço um peixe?

Kasim olhou para ela, como se estivesse refletindo sobre a resposta.

– Nenhum dos que eu conheço.

– Então por que eu estou aqui?

– Porque você é cabeça dura como seu pai.

Trovões soaram distantes, raios iluminaram as nuvens que se aproximavam em massa. O sol não parecia capaz de chegar tão longe mar adentro. A dupla alcançou a cobertura do farol. Entraram sem cerimônia no pórtico de pedra.

– Você não conheceu meu pai.

Kasim balançou a cabeça. Uma cascata de água fugiu de sua cabeça raspada e se alojou no rosto de Agatha.

– Não, mas ouço sua mãe resmungar sobre isso toda vez que você aparece na mansão.

Agatha parou, encarando o guarda-costas.

– Ela reclama de mim para você?

– Ela reclama de você para qualquer um que esteja em seu alcance, mas duvido que perceba.

A base do farol era como a de muitos outros, mesmo que de construção rústica. Grande, escuro, úmido, iluminado por uma única lanterna pendurada no teto. Sombras dançavam sobre pilhas de lixo e trapos, fazendo com que as inscrições gravadas nas paredes de pedra parecceressem dançar como enguias furiosas. Escadas de madeira, cada degrau pouco mais do que uma tora enfiada em um buraco na parede, levavam ao andar imediatamente acima. Parecia a única opção para prosseguir.

Kasim agarrou Agatha pelo pulso antes que ela pudesse dar o primeiro passo. Passou por ela, testando os degraus com o pé antes de subir na frente.

– O que estamos procurando?

Ela seguiu a alguns passos do homem, subitamente consciente do gemido da madeira que lutava para suportar seu peso.

– O santuário de Taniwha, ou pelo menos a sala do trono de Negel, ou um escritório, ou seja lá como profetas chamam seus aposentos.

– Quarto – ele respondeu, dando de ombros.

– Faz sentido. – Eles chegaram ao segundo andar. As escadas continuavam a escalada em torno da parede interna do farol. Havia um discreto som de murmúrio vindo de cima. – Profetas são comuns de onde você vem?

Kasim saiu das escadas para a bem-vinda solidez do chão de pedra.

– Muito, infelizmente.

– Você não gosta deles.

Ele se voltou para ela, encarando-a em silêncio por um longo momento. Ela tentou ignorar, observando o novo andar. Não parecia diferente do anterior.

– Não gosto que tomem de mim minhas escolhas. Por que se importar com qualquer coisa se tudo já foi definido por algum deus?

Agatha sorriu sem humor.

– Deve ser por isso que você se mudou para Niparsha.

Ele grunhiu qualquer coisa. Kasim era leal à sua mãe como um funcionário dedicado. O sujeito de quarenta e poucos anos tinha se tornado um rosto conhecido na mansão. Ainda assim, Agatha percebeu que sabia pouco sobre seu passado ou futuro. O quão parecido era seu povo àqueles de Ibukun, fiéis à história contada por um louco sobrevivente de um naufrágio, morto séculos atrás? Ela passou os dedos por um dos símbolos desenhados na pedra, perguntando-se que história narravam.

– Cuidado com as palavras.

Agatha pulou para longe, o coração ameaçando fugir pelo peito quando a voz surgiu ecoando pelo cômodo. Kasim foi mais rápido, pegando-a pelo ombro e jogando-a atrás dele. De alguma forma sua espada já estava na mão, apontada para a coisa saindo do chão.

– Palavras têm poder – disse a coisa que tomava forma.

Não. Não uma coisa. Um homem. Um homem velho, a cabeça coroada por cabelos brancos e quebradiços, vestindo farrapos molhados que o faziam parecer uma pilha de lixo descartado. Agatha percebeu que o que ela havia concluído ser lixo à meia-luz da lanterna eram, na verdade, pessoas deitadas, voltadas para as paredes do farol. Será que aqueles no andar de baixo também eram pessoas?

O velho caminhou até a parede, um enorme sorriso sem dentes no rosto, ignorante da espada apontada para ele. Chegou à parede onde Agatha tocara o símbolo, então esfregou lá a palma da mão, como se suas mãos estivessem mais limpas do que a da enviada da Companhia.

– Taniwha é um deus muito exigente – ele disse. Então aproximou o rosto da parede e lambeu o símbolo. Examinou seu feito antes de voltar sua atenção aos visitantes, o sorriso novamente no rosto. – Tudo precisa ser perfeito, ou ele não ficará nada feliz. Ah, não vai mesmo!

Eles permaneceram em silêncio, o velho sorrindo, o guarda-costas segurando a espada, Agatha abraçando o próprio corpo. Foi ela quem tomou a iniciativa, percebendo quão ridícula era a situação.

– Com licença – disse, passando por Kasim e acenando para que ele abaixasse a arma. – Estou procurando o profeta. Digo, para compreender sua fé, pelo menos.

– Ah! – o velho exclamou, quase chorando de felicidade. – Vocês buscam luz em uma noite tempestuosa! São tão poucos hoje em dia, coitados. Nem sequer percebem seu erro.

Ele passou empurrando os dois visitantes, apesar do tamanho avantajado de Kasim e sua vontade de permanecer exatamente onde estava.

– Venham, venham! – ele balançava o braço para que os seguissem, enquanto descia rápido demais os degraus de madeira. Soavam como se estivessem prestes a se partir.

Os dois visitantes se entreolharam por um instante. Agatha forçou um sorriso e apontou na direção das escadas.

– Você primeiro.

Mais cedo, naquele dia, Agatha havia aprendido muito pouco com o garoto. Ele estava sujo e mal alimentado como o velho, mas ainda assim feliz em falar sobre sua fé e a profecia que aguardava acontecer desde muito antes de nascer.

– Taniwha já estava aqui antes de nós – o garoto explicou. – As primeiras pessoas a chegar em Ibukun sabiam que precisavam agradá-lo para que tudo ficasse bem. Taniwha protegeria a ilha e garantiria que sempre haveria peixes em suas redes. Mas então outros vieram.

O povo de Myambe, terra natal de Kasim. Como seu guarda-costas, muitos outros fugiram das perseguições religiosas do milenar Império de Diamante, estabelecendo-se onde conseguissem. Era irônico que os mesmos refugiados religiosos viessem a perseguir aqueles que os receberam em Ibukun. Isso só dava à Agatha mais razão para acreditar na superioridade do Humanismo Valmedor.

– Mas Taniwha nunca veio – disse Agatha. O sorriso do garoto cresceu ainda mais, como se fosse ela a criança ignorante.

– Ele espera pelo nosso chamado. Ele espera que seus seguidores tomem a iniciativa.

– Chamado? Como?

– Como você espera entender meu povo se nem ao menos sabe em que acreditamos?

Envergonhada por ouvir o óbvio de uma criança, Agatha seguiu até a Muralha de Negel em busca de um templo, ou fosse lá o que se passasse por sacerdotes daquela crença. Agora, descendo os degraus de um farol aparentemente abandonado, seguindo um louco desdentado, ela percebia o quanto ignorava sobre Ibukun. Era uma pena que tão poucos acadêmicos se importassem com os povos dos Mil Deuses. Havia muito pouco escrito sobre eles. Ou talvez fosse melhor assim. Pelo menos desse jeito ela tinha motivo para vir até Ibukun para experimentar sua fé em toda sua glória.

O velho louco chutou uma pilha de lixo que estava em seu caminho. O lixo ganhou vida, revelou-se outro adorador do deus-monstro.

Ele olhou para o velho, murmurou qualquer coisa, engatinhou para o lado, onde voltou a se deitar virado para a parede. O velho puxou uma corda antes oculta pelos trapos do homem, revelando um alçapão de madeira. A cobertura de madeira bateu contra o chão com um trovão. Cabeças se ergueram de outras pilhas de lixo, não poucos irritados com o barulho.

– Venha, por aqui – disse o velho, sem nem sequer esperar que dissessem qualquer coisa.

– Não gosto disso – disse Kasim. Agatha percebeu que ele ainda não havia embainhado a espada.

– Eles podem ser loucos, mas parecem bastante inofensivos.

– Eles sempre parecem inofensivos – ele disse enquanto seguia o velho —, então pulam em você pelas costas e cortam sua garganta.

Agatha seguiu logo atrás de Kasim, os olhos mais nas pilhas de lixo à sua volta do que nos degraus diante dela. Percebeu que suas mãos protegiam a própria garganta. Apesar de sentir-se ridícula, não tinha qualquer vontade de tirá-las de lá.

Se as escadas para cima pareciam prestes a se partir com cada passo, as escadas para o porão pareciam levar para uma cripta cheia de mortos-vivos.

Agatha balançou a cabeça, furiosa com ela mesma por cair na cena armada pelo velho. Experiência lhe ensinara que a fé em algo invisível era em boa parte resultado de truques da mente. A mente humana estava sempre aberta ao impossível. Era como se ela gostasse de ser enganada, como ligando pontos em um desenho imaginado. Entre as frestas do conhecimento, as religiões nasciam. Não existiam deuses, nem mortos-vivos.

No entanto, existiam monstros. Agatha havia visto uma boa quantidade deles. Não poucos eram humanos.

A escuridão os engoliu na medida em que desciam para baixo do farol. O som de água pingando e o mar distante faziam com que parecessem estar caminhando diretamente sob o mar, as pedras das paredes lutando e perdendo uma guerra contra o oceano. Bastava apenas uma pedra se soltar da argamassa e as ondas inundariam o lugar, levando-os com elas.

Uma lanterna se acendeu diante deles, uma explosão de luz. Agatha desviou o olhar. Quando sua visão voltou, percebeu a mão tocando a parede de pedra. Argamassa úmida se esfarelava sob seu toque.

– Me fale sobre Negel – ela disse, abraçando-se, forçando-se a crer que era só pelo frio.

– O profeta – disse o louco. Seu sorriso parecia demoníaco à luz da lanterna. – Negel era antes um mercador ganancioso.

Ele olhou para Agatha, como se de alguma forma soubesse o que a levara àquela ilha. Concordou com a cabeça, respondendo a uma pergunta não dita, e virou-se para descer o corredor que se abria no final das escadas.

– Seu navio foi pego por uma tempestade durante uma viagem de negócios até outra ilha. Nunca chegou ao seu destino. Pensaram que ele havia morrido junto com o resto da tripulação. Mas a morte não veio até ele. Taniwha veio.

O corredor terminou em uma enorme porta de pedra coberta de desenhos gravados. Enquanto o velho buscava por algo em suas vestes – chaves, talvez —, Agatha estudava os desenhos. O que podia ser descrito apenas como um tubarão antropomórfico tinha destaque no centro da superfície de pedra. Ele segurava pequenas pessoas em uma mão, jogava com a outra mais pessoas para dentro de suas mandíbulas gigantescas. Sob seus pés monstruosos estava a cidade. Agatha pensava reconhecer o farol no desenho.

Ouviu-se um estalo, e a porta se abriu para dentro. Fosse qual fosse a chave usada, ela desapareceu antes que Agatha pudesse vê-la. Nenhuma fechadura era visível.

– Negel retornou semanas depois, tempo demais para qualquer um sobreviver à deriva. Trouxe com ele as exigências de Taniwha.

– Então existe algum tipo de livro sagrado?

– Ah, sim, sim. Tudo perfeitamente preservado bem aqui.

Agatha concordou um tanto surpresa. A maioria dos povos selvagens não mantinha documentos escritos. Lendas e dogmas eram passados por contadores de histórias e sacerdotes. Era o principal motivo pelo qual os acadêmicos de Niparsha achavam impossível separar ficção de verdade nos mitos antigos. Entender a origem de uma religião podia dizer muito sobre uma cultura. Talvez ajudasse a impedir a Companhia de simplesmente executar todos na ilha uma vez que o comércio de âmbar cinza não fosse mais lucrativo, substituindo os nativos por colonos de Valmedor.

– Observem: o Livro da Verdade de Negel!

Luzes de uma dúzia de lanternas iluminavam a câmara atrás da porta. Era redonda, como os outros andares do farol, mas desprovida de lixo ou adoradores. Estava agradavelmente seca, fazendo Agatha se perguntar se o corredor não os havia levado na direção oposta ao oceano. Aqui nenhuma das paredes tinha gravuras. Também não havia livro algum.

As palavras estavam escritas em tinta preta azulada em pedaços de pergaminho de tamanhos variados, pendurados por correntes presas ao teto, esfarrapados e imperfeitos como os próprios negeleses. A luz da lanterna do velho formava estranhas sombras, revelando costuras que mantinham pergaminhos intactos onde pareciam ter rasgado. O material era terrível para leitura, fino demais, poroso demais. Tinha uma textura estranha, cheia de linhas irregulares que mais pareciam rios negros vistos de cima, ou as veias sob a pele de um velho.

– Devo confessar – disse Kasim. – Não fazia ideia de que a pele humana podia ser tão esticada.

Agatha abriu a boca, mas só conseguiu gemer algo incompreensível. O corpo todo tremeu.

Eles estavam cercados pelo Livro da Verdade de Negel, todo ele tatuado na pele do próprio profeta.

*

Agatha passou aquela noite decifrando as escrituras grotescas. O velho louco, nada menos que o sumo sacerdote negalês, ele eventualmente confessou, explicou detalhadamente como Negel narrou as palavras do Livro da Verdade enquanto artistas tatuavam as palavras em sua pele, e como a pele foi cortada ainda em vida, de forma a manter sua flexibilidade. Um último ato de fé para Taniwha.

Compreender as escrituras não era questão apenas de entender a língua. Agatha era fluente em muitos dos dialetos falados na região dos Mil Deuses, e, nas palavras que não reconhecia, o sacerdote a ajudava. O problema era que o texto havia sido escrito por um louco muito maior do que o sumo sacerdote. Negel havia retornado mudado de seu naufrágio. Não era intervenção divina, claro. Era trauma. Sua mente havia se fragmentado irreparavelmente, incapaz de discernir entre realidade e ilusão. Vendeu tudo o que tinha para construir sua cidadela, seguindo as ordens de Taniwha. Morreu esperando por um sinal que jamais viria.

– Isso não faz sentido algum – ela disse a Kasim, assim que saíram do farol no dia seguinte. A chuva parecia ter piorado durante a noite.

O uivo do vento e o som das ondas quebrando do outro lado da muralha anunciavam a aproximação da tempestade. Agatha esperava que os homens da Companhia estivessem seguros no galeão que os trouxera até a ilha. A última coisa de que ela precisava era ficar presa em Ibukun. Seriam semanas até que enviassem outro navio.

– Religião nunca faz sentido – disse Kasim, quando atravessaram o arco de pedra para fora da Muralha de Negel.

– Como os sacerdotes lidam com ela, não, não faz. Mas seus dogmas, suas origens, geralmente fazem, sim. Já são trezentos anos! Por que ainda seguem essa ideia maluca de um deus-tubarão retornando para levar os pecadores?

– Porque é tudo o que lhes resta.

Agatha parou, virando-se para encarar Kasim. Ele olhou para cima, fazendo careta. Não gostava de ficar na chuva. Agatha o pegou pelo braço e acelerou o passo. Apesar da hora, as ruas estavam vazias. Talvez fosse o clima.

– Você nasceu em Myambe, viveu envolto em religião. Me explique.

Ficou claro pelo longo silêncio que não era a chuva que o incomodava. Os olhos estavam fixos na rua adiante, como se focar no seu destino tornasse as coisas mais simples. Ele fechou os olhos e balançou a cabeça.

– Você viu os negeleses. Estão morrendo, desesperados, isolados. Sua ilha foi tomada por estrangeiros que não ligam para eles. Eles se prendem à sua fé: de que um monstro gigante virá para salvá-los.

– Mas isso é um absurdo.

– Isso é fé.

A rua terminava em uma grande praça diante da prefeitura, onde no dia anterior Agatha havia conversado com o prefeito e o jovem prisioneiro. Mas o acesso ao portão estava impedido por uma massa de pessoas. Alguns metros à frente, era possível ver um grupo de soldados no alto de um palanque que não estava lá antes. Um homem em máscara cerimonial lembrando um peixe de capuz estava de pé, segurando um cutelo enorme.

– Isso não parece boa coisa.

Agatha olhou à sua volta, procurando uma forma de passar pela multidão. Kasim a encontrou primeiro. Segurou sua mão e abriu caminho. Algumas pessoas reclamaram, mas ninguém ousou fazer qualquer coisa a respeito. Emergiram do mar de curiosos diante de uma fileira de guardas armados formando um corredor entre a entrada da prefeitura e as escadas do palanque. Prisioneiros acorrentados desfilavam pelo caminho.

– O que está acontecendo aqui?

O guarda mais próximo ergueu uma sobrancelha. Parecia entediado.

– É o abate do mês – disse, com o tom de quem fala de uma chuva esperada.

Atrás dele um garoto de doze ou menos caminhava para o palanque. Parecia ainda menor entre os outros prisioneiros. Olhava à sua volta, procurando. Encontrou Agatha, sorriu, acenou apesar das algemas pesadas.

– Ele é só uma criança!

O guarda olhou por cima do ombro.

– Ele confessou que ia destruir a ilha.

– Como uma criança pode destruir uma ilha?

O guarda deu de ombros.

– Se ele quer nos ajudar a chegar à cota do abate confessando um crime, o problema é dele. Não sou eu que vou reclamar.

– Mas eu vou.

O guarda não pareceu impressionado. Nem sequer tentou impedir Agatha e Kasim de passar por eles.

– Oi! Eu os estava esperando.

Fosse lá o que fosse que o garoto diria depois, foi interrompido pela chegada do prefeito, a bola de âmbar cinza segura perto do rosto como um gatinho de estimação. O prefeito fungou a pedra para preparar-se para o embate. Agatha mal lhe deu tempo de reação.

– Você não pode matar essa criança.

O prefeito suspirou. Olhou para o menino.

– O que você fez de errado?

– Estou tentando destruir a ilha – confessou o garoto, um sorriso enorme no rosto.

O prefeito olhou para Agatha com aquela expressão de quem não tem culpa.

– O garoto confessou. Duas vezes.

– Como poderia um garoto destruir uma ilha?

– O que importa é que a justiça será feita nesta manhã.

– Justiça? Você chama massacrar inocentes "justiça"?

O prefeito fez um bico e fungou o âmbar cinza.

– Eles são negeleses.

Agatha olhou para Kasim, que parecia tão perdido quanto ela.

– E?

O prefeito coçou a cabeça.

– Criminosos negeleses são executados, não importam seus crimes.

– Isso é ridículo!

– Essa é a lei, uma que sua Companhia não criticou quando discutiu seus termos de comércio conosco.

– Eu estou discutindo isso agora. Liberte essas pessoas imediatamente.

Ele fez bico de novo, visivelmente irritado.

– Não posso.

– Ou você os liberta ou meu relatório para a Companhia dirá que vender âmbar cinza para Ibukun deixou de valer a pena.

Os olhos do prefeito se alargaram, atingindo o tamanho de dois pires. Ele cheirou o âmbar, então colocou-o em segurança no bolso de sua jaqueta, longe das ameaças de Agatha. Até mesmo os guardas se voltaram para a discussão, apreensivos quanto ao que ela diria em seguida.

– Agatha.

– O quê?

A expressão no rosto de Kasim era de preocupação. Agatha se sentiu mal pelo tom da sua pergunta. Ele se aproximou, falando antes que ela pudesse pedir desculpas.

– Olhe para essas pessoas. Você acha mesmo que eles aceitarão não haver uma execução hoje?

Ela franziu a testa. Olhou à sua volta. A multidão tinha começado a gritar e cantar. Havia algo diferente em seus rostos e vozes, uma sensação de êxtase que a lembrava de fiéis em uma igreja.

O prefeito também se aproximou, falando baixo.

– Escute seu guarda-costas. É assim que as coisas são feitas por aqui.

– Você não pode assassinar gente inocente.

– Você não percebe que é exatamente essa lei que os mantém vivos?

– O quê? Como assim?

O prefeito fez um movimento com a boca, como se estivesse mastigando algo. Olhou à sua volta para ter certeza de que ninguém os podia ouvir.

– Antes de o meu tataravô declarar essa lei, grupos de extermínio invadiam a cidadela diariamente. Arrancavam os negeleses de suas casas, torturavam-nos e os queimavam vivos na praça. Eles eram culpados por qualquer mau agouro, por mais simples que fosse. Isso – ele disse, apontando para o palanque —, isso os mantêm calmos. Quatro ou cinco criminosos são executados todo mês. Os nativos ficam felizes, os negeleses também.

Kasim pôs uma mão sobre o ombro de Agatha. O olhar em seu rosto dizia que ela não devia interferir.

– Eu não posso deixá-los fazer isso.

Sua voz era fraca, já derrotada.

– Você pode levar o garoto.

– O garoto... – ela repetiu. Ele estava bem ali, ouvindo tudo, sorrindo.

O prefeito deu de ombros.

– É o mais jovem. O resto está doente, velho ou louco demais para fazer qualquer diferença.

Ela podia jurar que o garoto reclamaria por ser libertado, mas não o fez.

Agatha partiu levando o garoto pela mão. Kasim marchava logo atrás, uma mão no cabo da espada, para o caso de alguém decidir promover a justiça com as próprias mãos. Mas ninguém parecia se importar. Sua atenção estava no palco, na cantoria para homens-peixe imaginários vivendo sob o mar.

A lâmina do executor desceu pela primeira vez naquela manhã, e a multidão comemorou como se assistisse a um milagre divino. Agatha acelerou o passo e não parou até estar a meio caminho da Muralha de Negel.

– Precisamos ir ao porto e sair desse lugar agora.

– Pensei que o plano fosse observar a ilha por pelo menos uma semana.

Agatha balançou a cabeça.

– Não podemos deixar o garoto aqui. Nós o salvamos hoje, mas e amanhã? Ou no dia seguinte? Ele merece uma vida melhor em Niparsha.

– Eu não posso ir embora.

Agatha parou. Abaixou-se para olhar o garoto nos olhos.

– O que você disse?

– Eu não posso ir. Eu tenho uma missão a cumprir. Aqui. Hoje.

– Do que você está falando?

– Taniwha me deu uma missão sagrada – ele explicou. Puxou da calça esfarrapada uma pedra maior que seu punho. – Ele queria que eu pegasse isso.

Então Agatha teve certeza de que muito em breve o prefeito perceberia que alguma coisa muito importante estava faltando em seu bolso.

*

As coisas tendiam a escalar rapidamente quando Agatha estava envolvida. Não importavam suas expectativas quando decidiu formar-se historiadora da Grande Academia, mestra em culturas primitivas, especialista nos povos do Oceano dos Mil Deuses. Ela nunca havia esperado maior dificuldade do que se comunicar com nativos, aprender a desenhar a fauna e flora locais em um catálogo e escrever livros que ninguém leria. Mas, de alguma forma, as coisas sempre eram diferentes quando ela colocava os pés em alguma ilha.

– Isso é o âmbar cinza do prefeito?

O garoto concordou com a cabeça, o sorriso inocente no rosto provando que ele não fazia ideia daquilo em que havia se metido.

Agatha se virou para Kasim em busca de apoio. A atenção do guarda-costas estava na rua, na direção da prefeitura. Sua mão estava novamente no cabo da espada. Apesar do clima úmido, Agatha sentiu a garganta seca.

– Quando você pegou isso?

– Enquanto você o distraía.

Agatha abriu a boca, tentou dizer algo, mas nada saiu. Ela nem sabia como responder a isso. Lembrava-se da discussão com o guarda, a chegada do prefeito. Enquanto os outros negeleses seguiam em frente, o garoto ficou, sempre sorrindo, sempre ao lado do prefeito.

Agatha massageou a testa.

– Eu não o estava distraindo. Eu estava tentando salvar sua vida!

Ele balançou a cabeça, uma criança louca para revelar um truque a um adulto ignorante.

– Eu não ia morrer. Eu sabia disso quando confessei.

– Você fez isso tudo de propósito? Para chegar ao prefeito?

– Claro!

O garoto fez uma dancinha, a pedra de âmbar cinza erguida sobre a cabeça, ensopada pela chuva infindável.

– Mas isso não faz sentido. Como você esperava escapar? Você teve sorte de eu chegar a tempo.

Ele ficou sério, a mão livre na cintura, o âmbar cinza abraçado no peito.

– Não foi sorte. Taniwha a enviou.

– Não, não – ela disse, as mãos erguidas para deter o garoto. – Seu deus-tubarão imaginário não me mandou até aqui.

Ele sorriu ainda mais, então concordou lentamente. Só conseguiu deixar Agatha furiosa.

– Por quê? – Ela continuou antes que ele tentasse explicar qualquer coisa sobre destino divino ou algo do gênero. – Por que você precisa dessa coisa? A Companhia vende toneladas desse lixo todos os anos para a ilha. Era só você pedir. – Ela corrigiu. – Bom, pelo menos era só roubar de outra pessoa!

O garoto caminhou na direção da casa mais próxima e começou a bater com a pedra no canto da parede. Segurava-a com as duas mãos, a língua para fora da boca fechada, como se isso lhe desse mais força. Agatha tentou impedi-lo, tarde demais. A pedra se partiu em suas mãos. O garoto se virou, o sorriso novamente no rosto, segurando algo na palma das mãos.

Lá estava, ainda parcialmente coberto de vômito de baleia petrificado, um triângulo de bordas serrilhadas do tamanho de uma mão.

– Um dente de tubarão.

– Eu não quero ver o tubarão de onde veio esse dente.

Kasim estava certo. O dente era enorme. Grande o suficiente para ser...

– Não, é só uma coincidência, claro.

– E como eu saberia que ele estava aqui dentro?

O garoto apontou para ela, dançou e levantou o dente para a chuva. Ele começou a cantarolar alguma coisa que Agatha achava serem trechos do Livro da Verdade de Negel.

– *Aguarde*, disse o grande deus, *aguarde pelo Meu sinal. Quando você o encontrar, será minha hora de voltar.*

Ele mostrou novamente o dente. Precisava de ambas as mãos para segurá-lo.

– Trezentos anos atrás, Taniwha enviou seu sinal à Negel, mas um ancestral do prefeito o encontrou primeiro, e tirou de Negel seu destino.

Agatha só conseguia balançar a cabeça.

– Não. Isso é impossível.

O garoto chacoalhou o dente diante dela, prova de que estava certo.

Devia haver uma explicação para isso. Coincidência poderia parecer exagero, mas sempre possível. Podia ser um truque, também. Quem poderia afirmar que aquele realmente era o âmbar cinza do prefeito? Ou talvez o dente fosse visível sob a pedra, para quem prestasse atenção. Ou magia, talvez? Uma ilusão? Transmutação? Poderia Negel ser um mago de algum tipo? O garoto? Nada de deus, nada de intervenção divina, mas magia, pura e simples. Era razoável. Muito mais razoável do que...

Kasim a pegou pelo ombro, tirando-a da armadilha mental que ela mesma criara.

– Agatha, se não partirmos agora, ficaremos presos nesta ilha até depois da tempestade.

Ela olhou para o céu. Ele estava certo. O clima estava cada vez pior. Olhou na direção da prefeitura.

– Você ouviu, garoto? Precisamos ir antes que o prefeito perceba o que você fez. Ele pode achar que eu estou envolvida. Que a Companhia estava envolvida.

Ela já podia ver sua mãe ouvindo a notícia: "Você fez o quê?"

O garoto balançou a cabeça com veemência.

– Minha missão não está completa.

– Por que não? Você já tem o dente, parabéns! Certamente Taniwha está muito contente com você. Mas você precisa sobreviver para contar essa história.

Ela tentou pegá-lo pelo braço, mas ele se esquivou, saltando para trás.

– Eu estou prestes a fazer o que nem Negel conseguiu!

– Volte aqui!

Tarde demais. O garoto já estava correndo rua abaixo na direção da Muralha de Negel e do farol.

Agatha deu um passo para segui-lo, sem pensar.

– Agatha.

Kasim segurou sua mão, não com força, mas firme. Agatha olhou para ele, incapaz de conter suas emoções.

– Precisamos fazer alguma coisa.

– Precisamos sair dessa ilha.

– Não – ela balançou a cabeça, igual ao menino. – Não antes de salvar o garoto.

– Ele não *quer* ser salvo.

– Ele é só uma criança! Não sabe o que quer! – Ela estava gritando.

Talvez até estivesse chorando, mas a chuva escondia as lágrimas. Ela tentou secar o rosto, em vão. – Você pode ir para o navio se quiser.

Agatha deu as costas para ele e começou a refazer os passos do garoto. Pouco depois ouviu os passos pesados do guarda-costas nas poças d'água.

– Prefiro arriscar a prisão aqui à morte certa nas mãos da sua mãe.

*

Nenhuma das pilhas de trapos e lixo estava à vista. Havia, no entanto, um zumbido estranho que parecia vir de todos os lados ao mesmo tempo. Agatha percebeu então que também não tinha visto ninguém nas ruas. Ou os negeleses tinham partido, se escondido, ou estavam ali mesmo, no topo do farol.

Agatha correu escada acima, ignorando o risco de os velhos degraus de madeira se partirem com o abuso. Atrás dela, Kasim xingou, mas seguiu de perto.

O farol tinha ao todo seis andares, cada um com um diâmetro menor do que o anterior, todos com paredes cobertas de gravuras. Mesmo à luz ineficaz das lanternas a óleo, os símbolos pareciam brilhar por conta própria.

Os negeleses estavam todos no topo, deitados em semicírculo, voltados para o lado oposto da torre, onde a câmara se abria para o mar. O sumo sacerdote estava na beirada de uma prancha estendida sobre as pedras abaixo, cantarolando palavras incompreensíveis contra a fúria do vento. O dente de tubarão estava em suas mãos erguidas. Trapos e cabelos chicoteavam em torno do velho. Água salgada espirrava à sua volta apesar da altura em que estavam. O garoto estava logo atrás dele, joelhos e testa no chão de pedra, braços estirados para os lados.

Agatha pulou por cima dos fiéis, agarrou o garoto e o forçou a se levantar. Seus olhos estavam brancos, as pupilas rolaram de volta para o lugar. Ele murmurou qualquer coisa, em transe.

Em puro desespero, Agatha o chacoalhou violentamente, gritando além do uivo dos ventos para que ele despertasse. Ele piscou, olhou à sua volta, confuso. Demorou alguns instantes para entender quem o segurava. Quando o fez, ele sorriu. Tocou o rosto de Agatha com carinho.

– É melhor você ir embora – ele disse.

– Esse lugar não é seguro – ela tentou argumentar. – A tempestade vai derrubar a torre. Precisamos sair daqui.

Ele balançou a cabeça, os olhos brilhando. Havia algo de estranho na expressão do seu rosto.

– Não, não vai. Negel nos ensinou como proteger a cidadela. Essa é a verdadeira muralha, entende? Não a pedra, mas a magia.

Agatha se lembrou de quando pisara pela primeira vez na cidadela, os negaleses limpando musgo e plantas da muralha, e especialmente os símbolos gravados nas pedras.

Ela se recusava a acreditar. Pura superstição.

– Preste atenção: Taniwha não existe. Não existe um deus-tubarão. É tudo uma alucinação. Negel ficou tempo demais à deriva.

Ele mordeu os lábios e suspirou. Sentia pena da ignorância dela! Agatha quase riu. Levantou-se, irritada, e o forçou a fazer o mesmo.

– Você vem comigo. Terá uma vida melhor em Niparsha. Nós podemos ensinar as verdades sobre o Humanismo, sobre como construir mecanismos e máquinas, história e ciência. Podemos ajudá-lo a ser o melhor que jamais poderá ser em seja lá o que você quiser.

Ele se voltou para trás. O horizonte havia desaparecido, o oceano e o céu eram uma única parede de violência cinzenta.

– Mas Taniwha está em Niparsha?

Ela podia dizer que sim. Podia dizer que todos os deuses estavam lá, que havia templos de todos os tipos e formas, dizer até que deuses caminhavam pelas ruas.

Mas seria mentira.

– Não existem deuses em Niparsha.

Ele sorriu e deu de ombros.

– Então não existe razão alguma para ir para lá.

Agatha não sabia mais o que fazer. Podia mandar Kasim pegar o garoto e levá-lo à força. Tudo que ela conseguiu foi gritar e chorar.

– Você vai morrer aqui!

– Se é isso que Taniwha deseja...

Agatha sentiu-se desmontar, um frio crescente percorrendo seu corpo. Ela piscou, olhou o vazio. O garoto soltou seus dedos, beijou sua mão, então voltou à sua posição original atrás do sumo sacerdote.

Como podia uma criança tão jovem ser tão ligada a uma religião moribunda? As palavras de Kasim voltaram à sua mente.

– *Porque é tudo que lhes resta.*

Esse era seu mundo e era tudo o que conheciam. Eles não se importavam com o que havia além.

Kasim tocou seu braço. Isso pareceu dar um choque que a despertou.

– Precisamos ir. Agora.

*

Quando Agatha e Kasim chegaram ao galeão da Companhia, o capitão já estava pronto para zarpar. Disse qualquer coisa sobre a lealdade à sua mãe custar caro e mandou que descessem para a segurança dos aposentos sob o convés.

Ela o ignorou. Seguiu até a popa, segurando-se firme à amurada. O vento era forte o suficiente para que ficar de olhos abertos doesse. Logo seu rosto ficou dormente com o vento frio e molhado.

À sua volta, marinheiros corriam para recolher as velas enquanto os engenheiros abaixo davam corda no motor mecânico. Apesar de experientes, estavam todos apreensivos com o tamanho da tempestade. No porto, outros navios permaneciam para trás. Dependentes de velas e vento, jamais sobreviveriam a essa tempestade.

Deixaram as docas em minutos, as ordens do capitão ecoadas sobre a tempestade, cada tripulante uma peça de um complexo mecanismo de relógio. Venceram as primeiras ondas, balançaram no mar revolto. Logo Ibukun tornou-se pequena atrás deles. Agatha tinha a atenção no farol, esperando vê-lo desmoronar a qualquer momento.

Subitamente o galeão se ergueu nas costas de uma onda enorme, larga, que vinha na direção da ilha. Era como se o oceano inteiro tivesse se elevado por um único instante. Quando o navio voltou a descer na parte de trás da onda, Ibukun desapareceu atrás da parede de água. Pega de surpresa, Agatha quase escorregou e caiu. Kasim a pegou pelo braço.

– Precisamos descer!

Mas havia algo na onda. Algo quase na superfície da água, como um vulto. Um peixe em um lago lamacento. Mas peixe algum era daquele tamanho, nem mesmo uma baleia.

A onda atingiu a ilha, levando com ela os barcos do porto e alguns prédios. O farol e a Muralha de Negel resistiam. Na medida em que ganhavam distância, a ilha e sua cidade desapareciam no cinzento da tempestade.

Kasim arrastou Agatha do convés. Ela não resistiu. Estava atordoada, e não apenas pelo jogar do barco.

Ela vira a coisa. Ela sabia o que era. Ela não queria acreditar.

Quando Agatha desceu as escadas para a segurança do interior do navio, ela podia jurar ter ouvido o som de um garoto rindo, ecoando além da tempestade.

Série Reinos Eternos

Império de Diamante – *livro 1*

Último Refúgio – *livro 2*

Sombras e Ecos – *livro 3*

Oceano dos Mil Deuses– *livro de contos*

Este livro foi impresso na Renovagraf
em Julho de 2021, durante a pandemia.